ダンジョンに潜む
ヤンデレな彼女に
俺は何度も殺される
2

《勇者エリギオン》
《聖騎士カナリア》

暗殺者ノク
戦士ゴルガノ
賢者ニャウ

「私の裸を見たから、ドキドキしているでしょ」
「キスカが見たいなら、もっと見てもいいよ」
アゲハ・ツバキ

CONTENTS

プロローグ

「やぁ、ご主人。随分と辛気くさい顔をしているね」

「あ……？」

ふと、目の前に寄生剣傀儡回(くぐつまわ)しの顔があった。

あれ……？　どういうことだ……？　目の前にいる傀儡回(くぐつまわ)しは白いワンピースを身につけた美少女の姿をしていた。そう、美少女である。左右対称の顔つきに細い肢体。肌は白くて髪は輝いている。人間と全く相違ない見た目だ。

おかしい。だって傀儡回(くぐつまわ)しは半身が化物だったことに絶望して、自決したんだ。

その後も、俺は何度もループしたが、最終的に、傀儡回(くぐつまわ)しは全身が化物の姿になってしまったんだ。

「もしかして、俺は幻覚を見ているのか？」

「あぁ、珍しく冴えているじゃないか。そうだよ、これは幻覚さ」

そう言われて納得する。

よく見ると、周りの光景は白く靄(もや)がかかったようにぼやけている。ここが現実ではないという何よりの証拠だ。

どうやらダンジョンを何度もループしたせいで、幻覚を見てしまうほど疲労が溜まってしまったらしい。

「いやいや、俺様の強い想いがご主人にこの幻覚を見せているんだぜ。かぁーっ、こんなに想われているなんて、ご主人は幸せものだなー」

俺の心を読んだ傀儡回しが大げさな芝居をしていた。

「強い想いって、お前は俺のことをなんとも思ってないだろ」

「さて、それはどうかなご主人」

彼女はしたり顔をする。彼女がなにを考えているかわからん。

「それで、一体どんな用件があって、こんな幻覚を俺に見せているんだ？」

強い想いとやらが本当にあるなら、それ相応の用事があるばずだ。

「ご主人に伝えておこうと思ってさ。俺様のために何度も死ぬ必要はないんだぜ」

なんで傀儡回しがそんなことを言うのか、俺には一瞬理解できなかった。

「ご主人の目的は復讐だろ。ご主人のことをこけにした村人の連中を殺せた時点でご主人の目的は達成できたわけだ。だったら、もうご主人が何度も死に戻る理由はないだろ」

確かに、それはそうだ。

俺はあいつらにずっと復讐がしたくてがんばってきた。何度も心が折れそうになったけど、復讐という原動力のおかげで俺は何度でも立ち上がれた。

そして、実際にダンジョンを脱出して、あいつらに復讐することができた。

けど、傀儡回しが自分の見た目に絶望して自決してしまった。

そのとき、俺は思ってしまったのだ。

これは俺の望んでいた未来じゃない。

「俺は復讐した後、お前と一緒に過ごせるとばかり思っていたんだ」

あのとき、俺は気がついてしまったんだ。

復讐を終えた後、俺には何もないんだって。故郷もなければ、家族もいない。一緒にご飯を食べる友達もいないのに、生きる目的なんてあるはずもない。

俺の傍にいたのは傀儡回しだけだったからこそ、それを失いたくないと思ってしまったんだ。

「そうか、ご主人は随分と寂しがり屋なんだね」

「あぁ、そうだよ。俺は寂しがり屋なんだよ。だから一緒に——」

そう言いながら、目の前にいる傀儡回しに手を伸ばす。

「それは無理な相談だよ」

けど、傀儡回しは俺の手を取ろうとしない。

「だって俺様は人間じゃないんだぜ」

傀儡回しの半身が化物となり、その化物は膨張していき、最後には人間の部分だった傀儡回しを呑み込んでしまった。

あの日、傀儡回しが自決したときと同じ光景が繰り返されたんだ。

思わず俺は取り乱す。

嫌な光景は何度見たって嫌だ。

「あ……」

ふと、声をあげる。

気がつけば、よく見慣れたダンジョンの壁や地面が見える。

どうやら俺は夢を見ていたらしい。


だから、彼女と接触してみて――いや、彼女と接触すると、今度はアゲハが動き出す可能性がある。

彼女なら傀儡回しを人間にする方法についてなにか知っているかもしれない。

目が覚めた俺は今後の方針について考えていた。

「吸血鬼ユーディートを頼るか」

どうやらアゲハは、俺が吸血鬼ユーディートと接触することをひどく嫌っているみたいだから。

吸血鬼ユーディートと接触した途端、アゲハが突然現れて彼女を殺した記憶は嫌な思い出だ。

「だったら、いっそのことアゲハを頼るか」

以前、アゲハの封印を解こうとしたとき、有無を言わさず殺された記憶がある。

そのことを思い出すと、アゲハと接触することに強い抵抗を覚える。

「だからって、何もしないわけにいかないもんな」

そう決意した俺は、しっかりとした足取りで目的地に向かって歩いた。

「……見つけた」

一つ目の転移陣の先を歩くと、そこには封印された少女がいた。

結界の中で彼女は眠っており、その体には光でできた鎖が巻き付いている。

何度見ても、彼女が結界に封印されている様は綺麗だ、と感じる。

「前回は結界を簡単に割ることができたんだよな」

そう呟きながら、結界に触れる。

途端、結界にヒビが入り、パリンというガラスが割れるような音と共に、結界が壊れていく。これで彼女の封印は解かれた。それと同時に、俺は後ろに大きくステップして、彼女から離れる。目覚めた途端、いきなり攻撃してきてもおかしくない。

「ん……っ」

と、アゲハは吐息を出しつつ、目をゆっくり開ける。

「誰……？」

それが彼女の第一声だった。

思わず俺は目を見開く。

「俺のこと、覚えていないのか？」

彼女とは今まで様々な時間軸で出会ってきたが、俺と同様に他の時間軸の記憶を保持していることは彼女の言動から明らかだった。だから、俺のことは覚えていて当然だと思っていたが。

「どこかでお会いしたのかしら。だとしたら、ごめんなさい。私、あなたのことを思い出せないわ」

「いや、覚えていないなら、別にいいんだ」

そう言いつつ、俺は安堵していた。彼女が過去のことを覚えていないなら、それはそれで都合がいいような気がする。

「その、会ったばかりの人にこんなことを聞くのは奇妙なことかもしれないけど、一つ質問してもいいかしら？」

「あぁ、もちろん何でも聞いてくれ」

俺が頷くと、彼女は「そう、ありがとう」と返事をしてから、こう口にした。

「私が誰だか、あなた知っていたりする？」

「……は？」

彼女が何を言っているのか理解するのに、数秒ほど時間を要した。

第一章　記憶喪失

「えっと……」

俺はなんて言うべきなのか、困っていた。

アゲハの封印を解いたと思ったら、彼女はこう口にしたのだ。

「私が誰だか、あなた知っていたりする？」と。

「その、記憶喪失なのか？」

「記憶喪失……。そうね、今の状況を顧みるとその表現が正しいのかもしれない」

記憶喪失。

その症状自体はよく耳にしたことがあるが、こうして目の当たりにするのは初めてだ。

「俺はあんたの名前を知っている。あんたの名前はアゲハ・ツバキだ」

「……アゲハ・ツバキ。なぜだか、あまりピンと来ない。それで、ここはどこなのかしら？」

「ここはダンジョンの中だ」

「ダンジョン？　ダンジョンってなに？」

「えっと、ダンジョンってのは、魔物が生息する迷宮のことだ」

「魔物……？　魔物ってなに？」

「魔物ってのは、人間のことを襲う化物みたいなもんだ」

こう、何に対しても質問をされるのは、少し面倒だな。

「ふーん、なんだかゲームの世界にでも迷い込んでしまったみたいな話ね。もしかして、私ドッキリにかけられている？」

アゲハがなにを言っているのか全く理解ができなかった。

「でも、ドッキリにしては凝りすぎだし、やっぱり現実かー」

とか言いながら彼女はダンジョンの壁をペタペタと触っていた。

「それで、あなたの名前はなに？」

と、彼女は俺の方を振り向いて口にする。

「キスカだ」

「キスカか。ねぇ、キスカってかっこいいね。けっこうタイプかも」

彼女が上目遣いでそう口にした途端、思わず身震いする。彼女に好かれるのは、正直勘弁願いたい。

「それで、アゲハは何も覚えていないのか？」

「どうだろ……？　言葉はこうして覚えているわけだし。ただ自分が何者でなにをしていたのか、よく思い出せない」

「寄生剣傀儡回（くぐつまわ）しのことは、何か知っているか？」

「……寄生剣傀儡回（くぐつまわ）し」

彼女はなぞるように言葉を繰り返す。

「知っているわ」

そして、彼女はそう呟いた。

「ほ、本当か？」

思わず大声を出してしまう。

「ちょ、ちょっと待って。知っていると言っても、どこかで名前を聞いたことがあるなぁってぐらいよ。だから、ごめんなさい。詳しいことは、なにもわからないわ」

「そ、そうか」

「でも、そうね……。寄生剣傀儡回しか。なにか重要なことを忘れているような気がするけれど、ごめんなさい。やっぱり思い出せない」

重要なことって、一体なんだ？

もしかして、その記憶が寄生剣傀儡回しを人間にする方法ならば、都合が良いんだけどな。そのことを確信できたなら、彼女の記憶が戻る手伝いをしてあげたいと思うんだが。

「そんなことよりキスカ。いつまでも、ここにいても仕方がないでしょ。先に行きましょう」

「それもそうだな」

そういうわけで、彼女が先導する形で、俺たちはダンジョンを進んだ。


そんな中、俺は考えていた。このまま彼女とダンジョンを攻略するのが、本当に正解なのかどうか。彼女の記憶が戻れば、傀儡回しについて何かがわかるかもしれないという希望的観測があるとはいえ、他人の記憶を戻す方法なんかに心当たりはないし、仮に記憶が戻ったとしても、傀儡回しを人間にする方法を知っているとは限らない。

このまま彼女と行動を共にするよりも、

「吸血鬼ユーディートを頼ったほうがいいかもな」

小声でそう口にする。

アゲハが「なにか言った？」と振り向くが、俺は首を横に振って否定する。

彼女がこうして記憶喪失なら、吸血鬼ユーディートと接触したとしてもアゲハが襲ってくることは万に一つもない。だったら、吸血鬼ユーディートを頼るのが一番確実。

俺は密(ひそ)かに今後の方針を固めていた。


吸血鬼ユーディートを頼ることを決めた俺はアゲハを連れて、ダンジョンを進んでいた。

「アゲハ、少しここで大人しくしていてくれ」

「うん、わかった」

アゲハは頷(うなず)くと、隠れるように壁際に身を寄せる。

通路を曲がった先には、人狼(ウェアウルフ)が徘徊(はいかい)していた。

まいったな。あの魔物がいる地点を抜けないと、吸血鬼ユーディートのいる場所までたどり着くことができない。今の俺は、スキルが〈挑発〉だけで、武器を一つも持っていない。この状態では、流石(さすが)に魔物を一体倒すのさえ難しい。アゲハも記憶喪失だから、戦うのは無理だろう。

これは詰んだかもしれないな。いや、待てよ。この方法なら、突破できるかもしれない。

悪くない案を思いついた俺は、早速実行に移そうとアゲハに話しかける。

「なぁ、アゲハ、〈アイテムボックス〉を使えるか？」

以前、アゲハと共にダンジョンを攻略した際、アゲハが〈アイテムボックス〉を駆使していたことを思い出す。

「え？〈アイテムボックス〉って、なにそれ……？」

「アゲハが使うことができるスキルだ。色んな武器や食料を自在に収納できるんだよ」

記憶を失っていても、スキルまでは失っていないはず。そう思って、俺はアゲハに力説する。

「えっと……待って。えっとえっと、もしかして、これ……？」

ふと、アゲハは手元に宙に浮いた魔法陣を展開した。そうだ、アゲハが〈アイテムボックス〉を使っていたときも似たような魔法陣を展開していたことを覚えている。

「その〈アイテムボックス〉の中に、武器とか入ってないか？　剣があると助かるんだが」

「えっと……待ってね。これかな？」

そう言いながら、アゲハは青白く光る剣を〈アイテムボックス〉から取り出す。

確か、この剣はアゲハが使っていた覚えがある。

「頼む。その剣を貸してくれないか？」

「うん、それはかまわないけど」

「ありがとう」

アゲハから大剣を受け取る。

ずっしりとして重いな。けど、なぜだろう。持っただけなのに、力がどこからともなく湧いてくるのを自覚する。

よし、剣がある今なら、魔物を倒せるかもしれない。スキル〈剣術〉をまだ獲得していないのが心許（こころもと）ないが、最善を尽くせるはずだ。

「アゲハ、もうしばらくそこに隠れていてくれ」

「うん、わかった」

アゲハが身を隠したのを確認すると、俺は通路へと思いっきり躍り出た。

「よぉ、雑魚（ざこ）が。かかってこい」

まず、人狼（ウェアウルフ）に対して〈挑発〉を使う。

「クガァアアアッ!!」

怒った人狼（ウェアウルフ）が雄叫（おたけ）びをあげながら、一心不乱に突っ込んでくる。

よしっ、攻撃を誘導することに成功した。後は、カウンターを入れるだけ！　グサッ、と大剣が人狼（ウェアウルフ）の体を一直線に斬り裂く。

「え？」

まさか、一撃で倒せると思わず驚く。

俺の力ではない。もしかして、この剣のおかげでこうも簡単に倒せたのかもしれない。

「すごいっ！　すごいっ！　キスカ、すごいっ！　あんな強そうな魔物を簡単に倒しちゃうなんて！」

飛び跳ねるように喜びながらアゲハが近づいてくる。

「いや、魔物を倒せたのはアゲハの剣のおかげだ。俺の力じゃない」

「そんなことないよ。キスカの力だよ！　あんな簡単に倒せるなんて、キスカって、こんなに頼りになるんだ」

アゲハの異様な持ち上げに俺は苦笑いした。

本当に、俺の力なんかではないんだが。

それからも何体かの魔物と遭遇したが、アゲハの剣のおかげで難なく撃破することに成功する。

「確か、この辺りだったかな？」

「なにを探しているの？」

「あぁ、この辺りに隠し通路を出すスイッチがあったはずなんだ」

探している矢先、ポチッとボタンを押す感触を得る。

すると、地響きを鳴らしながら、なにもなかったはずの壁が開き、隠し通路が出現した。

「へー、キスカ。こんな通路も知っているなんて、物知りなんだー！」

「まぁな」

アゲハの称賛を軽く流す。この隠し通路は吸血鬼ユーディートに教えてもらったものだから、あまり自分の手柄のようには思えなかった。

「アゲハ、今からある人に会おうと思うんだが、それにあたって気をつけてほしいことがある」

「気をつけてほしいこと？」

「あぁ、その人はかなり気難しい人でな、怒らせたら最後、俺たちはあっさりと殺されてしまう」

「え……っ、そんな人に会わなくちゃいけないの？」

「あぁ、その人は物知りだからな。対応さえ間違えなければ、俺たちの助けになってくれるはずだ」

「わ、わかった。キスカが言うことだから信じる」

アゲハは不安そうな表情しながらも、了承してくれる。

どうやらアゲハは俺を全面的に信頼してくれているようだ。そんな風に、簡単に人を信頼するようではいつか誰かに騙されるぞってのはいらぬ心配か。素直に従ってくれるので非常に助かってはいるんだが。

「それで、その怖い人に会うとき、私はどうしてたらいいかな？」

「あぁ、アゲハは大人しくしてるだけでいい。基本、俺が対応するから」

吸血鬼ユーディートに対面する際の注意点を一通り説明した。

「ふへへ」

「ん？　なに、ニヤついてんだ？」

これから怖い人に会うと言った手前、緊張こそすれ笑みを浮かべているので、つい気になってしまう。

「あぁ、えっと、キスカが頼りになるから、キスカがいてくれて本当によかったなぁ、って嬉しくて、ついニヤついちゃった。その、気に障ったなら、ごめんなさい」

「いや、ただ気になっただけだから、別に謝らなくていいよ」

下手に緊張されるよりは、この方がいいのかもしれないな。

それからは吸血鬼ユーディートがいるであろう場所まで、ひたすら歩いた。途中、魔物と接敵することもあったが、アゲハの剣を使えば容易に退けることができた。

確か、この辺りにいたよな。

そんなことを思いながら進むと、遠くに人影が見えた。

あぁ、あれが吸血鬼ユーディートか。

少しだけ緊張する。吸血鬼ユーディートは挨拶を間違えると平気で殺しにかかってくるからな。

とはいえ、別の時間軸ではユーディートと何度も接してきた経験がある。だからこそ、大丈夫だろう。

「アゲハ、ここで待っててくれ」

「わかったわ」

ユーディートに聞こえないよう小声で指示をした俺は、彼女のほうへ近づいた。

「偉大なる吸血鬼ユーディート様、お初にお目にかかります」

膝をついて頭を下げて挨拶する。

仰々しいぐらい丁寧に挨拶すれば、彼女は応対してくれるはずだ。

それから、彼女の言葉を待った。

「……………………」

いつまで待っても返答がなかった。

おかしいな。今まで彼女と応答してきて無視されることはなかったんだが。

そう思いながら、少しだけ顔を上げる。

「ねぇ」

それは、アゲハの声だった。

あろうことか、彼女は俺より前に出て、吸血鬼ユーディートの傍(そば)に立っていたのだ。

「おい、なにしてんだよ！」と、とっさに叫びそうになる。そんなことしたら、吸血鬼ユーディートが怒って、俺たちを殺してしまうかもしれない。

いや、まだ挽回(ばんかい)できるはずだ。ひとまず「失礼しました！」と非礼を詫(わ)びて、それから、言い訳を考えよう。

けれど、「しつれ――」まで言いかけて、その続きの言葉は出てこなかった。

というのも、俺の言葉はアゲハの声によって、かき消されたからだ。

アゲハは俺に対して、こう言ったのだ。

それは、あまりにも衝撃的な一言。

「この人、死んでいるよ」

そう、吸血鬼ユーディートはすでに死んでいた。

◆

吸血鬼ユーディートが死んでいるのは、誰の目にも明らかだった。

彼女の胴体は椅子に座ったままだが、首から上は繋(つな)がっておらず、砕かれた頭が近くの床に転がっていた。

あまりにも惨(むご)い死に様だ。

吸血鬼ユーディートと初めて応対するときは頭を下げて目を合わせない方がいいというのを実行していたせいで、彼女が死んでいることに気がつくのが遅れてしまった。

「これって、誰かに殺されたんだよね……」

死体を見たアゲハはそう言う。

見たくないものを見てしまったとばかりに彼女はしかめっ面をしていた。誰だって、残酷に殺された死体なんて見たくないだろう。

「そうだな」

吸血鬼ユーディートがダンジョンに潜む魔物に殺されたとは考えられない。

それは吸血鬼ユーディートが魔物なんかよりも強いからという理由もあるが、彼女の死体の切断面があまりにも綺麗だったのだ。

鋭利な刃物で斬られたような切り口だ。

それに、胴体が椅子に座ったままであることから、吸血鬼ユーディートは直前まで敵の存在に気がつかなかった可能性が高い。

そんなことができるのは、殺意を持った魔物ではない、誰かでないと無理だろう。それも吸血鬼ユーディートをあっさり殺せるだけの力を持った誰かによって。

一体、誰が……？

考える。

けど、犯人の心当たりさえ全く思いつかない。まず、アゲハは俺とずっと一緒にいたことからあり得ない。寄生剣傀儡回しは巨大な化物になっている。そんなやつが近づいてきたら、吸血鬼ユーディートはすぐに気がつくはずだ。

たとえ、殺されるとしても立った状態で殺される。

他に、吸血鬼ユーディートに対抗できそうな存在はいるか？　俺はこのダンジョンを何度も探索してきたが、そんなやつに覚えはないぞ。

「ねぇ、キスカ。これからどうするの？」

不安そうにアゲハが尋ねる。

「そうだな。ひとまず、ダンジョンの外に出ることを考えるか」

吸血鬼ユーディートを頼れないとわかった以上、俺たちの力だけでダンジョンの外に出るしかない。

寄生剣傀儡回(くぐつまわ)しを人にする方法を探すのは、ダンジョンの外に出てからのほうが効率的にできるだろうし。

大きな懸念は、吸血鬼ユーディートを襲った犯人が俺たちを襲ってくる可能性か。

動機が一切わからないのが怖いな。もし、快楽殺人者だった場合、無差別に俺たちを殺しにくるだろうし。

吸血鬼ユーディートをあっけなく殺した相手だ。恐ろしいほど強いに違いない。戦ったら、間違いなく俺たちが殺されるだろうな。


それから俺とアゲハは黙々とダンジョン攻略をすべく強化を図った。

まず、俺は〈知恵の結晶〉というスキルを獲得できる隠し部屋にて、スキル〈剣術〉を獲得する。

それから大量にスキルポイントを獲得できる金色の無人鎧(ゴールデン・リビングアーマー)がいる隠し部屋も利用させてもらう。

今まで攻略の助けになっていた寄生剣傀儡回(くぐつまわ)しはないが、代わりに装備したアゲハの大剣は非常に使い勝手がよく、無事金色の無人鎧(ゴールデン・リビングアーマー)の部屋を突破することができた。

「あの、キスカ。お願いがあるんだけど、いいかな？」

「お願いって、なんだ？」

「私もキスカと一緒に戦いたい！」

あるとき、アゲハがそう主張した。今まで俺ばかり戦っていたことに申し訳なく思ったんだろうか。

「そうか。じゃあ、一緒に戦うか」

「えっ？　いいの!?」

了承されると思わなかったとばかりに彼女は驚く。

「なんで、そんなに驚くんだよ」

「だって、キスカなら駄目って言うかなと思ったから」

まぁ、アゲハが普通の女の子なら駄目と言ったんだろうけど、彼女の正体は勇者で俺なんかよりもずっと強いからな。アゲハが戦ってくれると言うなら、それはものすごく心強い。

「それじゃあ、これからはアゲハの特訓をしようか」

「うん、わかった！」

彼女は元気よく頷いた。

◆

「見て、キスカっ！　魔物を倒せたよ！」

倒した魔物を前に喜ぶアゲハ。その姿に俺は感嘆していた。彼女は記憶を失っているものの、戦い方を体が覚えていたのか、なんの問題もなく魔物を討伐していた。流石、勇者というべきか、彼女の動きは俺なんかよりも洗練されている。

「ねぇ、キスカ。褒めてー」

「偉い、偉い」

と言いながら、頭を撫(な)でてやると彼女は頬(ほお)を弛緩(しかん)させる。

ちなみに、アゲハから借りていた大剣は彼女に返し、俺は金色の無人鎧(ゴールデン・リビングアーマー)から奪った片手剣を使っている。

「よしっ、この調子で先に進むか」

「うんっ！」

彼女が戦ってくれることで戦力も単純に二倍になった。

アゲハとの関係も全くもって良好だし、この調子ならダンジョンのボスも倒せるかもしれないな。

と、このときの俺は安易に考えていた。

◆

アゲハとのダンジョン攻略は順調に進んだ。アゲハと俺が協力すれば、どんな魔物だって討伐できる気さえする。

「今日はこの隠れ家を使おうか」

「うん、わかった」

吸血鬼ユーディートに教わった隠れ家の一つを休憩場所にした。

やはり魔物との戦闘は疲労が溜(た)まる。無理して進めばもっと奥に行けるんだろうが、アゲハもいることだし焦らず余裕のあるうちに休憩するのがいいだろう。

「わー、広いね。ここ」

隠れ家に入ったアゲハがそう口にする。確かに他の隠れ家よりも広い造りになっている。ソファはもちろん、テーブルや椅子、ベッドなんかも置かれてある。

ちなみに、トイレもある。どういう仕組みだろうと覗(のぞ)いたら、粘液生物(スライム)が中に生息していた。

ここまで設備が整っていると一般的な住居とそう変わらないな。

思い返してみれば、吸血鬼ユーディートは血をわざわざティーカップに入れて飲んでみたりと、なにかとこだわりが強いタイプだったな。この隠れ家も吸血鬼ユーディートが力を入れて用意したものなんだろう。

「そうだ、ご飯の準備をしなくちゃ」

そう言って、ソファでゆっくりしていたアゲハが立ち上がる。それから〈アイテムボックス〉に入れてあった魔物の肉を取り出す。

「アゲハは疲れてるだろ。俺が用意するから休んでいていいぞ」

「ううん、そんなの悪いよ。私にも手伝わせて」

と言って、手伝おうとしてくれる。

食事を用意するのは二回目なので、アゲハは手際よく食事の準備を手伝ってくれた。

　といっても、作る料理はシンプルだ。魔物から採取した魔石を使って火を熾し、隠れ家に置いてあった鉄板の上に魔物の肉を置く。それから、これも隠れ家にあった塩と胡椒で味付け。ついでに、今日は薬草を採取できる一帯を見つけたので、その薬草も一緒に焼く。

　薬草は傷を癒やす効果があるということで市場に出回っているが、香り付けとして料理に使われることも多い。それを実践してみたというわけだ。

「けっこうおいしいかも！」

　一口食べたアゲハがそう口にする。

「そうか？　単純な味付けだから口に合うか心配していたが」

「そんなことないよ！　お肉をがっつり食べられるなんて、けっこう幸せかも〜」

　そう言ってアゲハは微笑む。おいしそうに食べてくれると、なんだかこっちまでその気になってくるから不思議だ。自分にとっては何度も口にしたありきたりな料理だが、今日はいつもと比べておいしかった。

「あとは、お風呂があれば完璧なんだけどなー」

　食事も済み、ソファでゆっくりしていたアゲハが唐突にそんなことを口にする。隠れ家にはベッドとソファがあって、足りないものといえば、お風呂ぐらいだ。

　傀儡回しと攻略していたときは風呂なんかに入らず黙々と攻略していたが、吸血鬼ユーディートと過ごしていたときはどうしてたっけ？

「あ、もしかしたら、風呂があるかもな」

よくよく思い返せば、吸血鬼ユーディートと過ごしたとき、何度か風呂に入った覚えがあった。

「ホ、ホント!?」

そう言ったアゲハは目を輝かせていた。

「いや、この隠れ家にあるかはまだわからんから、そんな期待されても困る」

とか言いつつ、隠れ家の中を探索する。

あっ、こんなところに扉があるじゃん。開けたら木の桶(おけ)でできた風呂が置いてあった。

「おーっ、お風呂だぁ！」

後ろから覗き込んだアゲハが歓声をあげていた。

えっと、風呂を準備するには、水属性の魔石と火属性の魔石を使うんだったよな。

魔物から採取できる魔石は基本的に四種類存在し、その内訳は光、火、水、風となっている。光属性の魔石は照明に、火属性の魔石は火を熾したり物を加熱するのに利用され、水属性の魔石は水や氷を発生させてくれる。だから、風呂には水属性の魔石は必要不可欠なわけだ。ちなみに、風の魔石は発生させる風で様々な道具の動力源になってくれる。

と、そういうわけで魔石を使って風呂の準備を始める。

「アゲハ、先に入っていいぞ」

風呂の準備が終わるとアゲハにそう告げる。

「えー、そんなの悪いよ。キスカが先に入って」

「いや、遠慮しなくていいから。ほら、先に入ってしまえ」

「そこまで言うなら、先に入るね」

遠慮がちながらも頷いたアゲハは風呂場に行く。俺はアゲハが風呂からあがるまで特にやることもないし、ソファにでも座って、ゆっくりするかな。

「キャァアアッッッ!!」

ソファに座った瞬間だった。

大きな悲鳴が聞こえた。

風呂場からだ。

「おい、どうした!? アゲハ」

慌てた俺は、風呂場の扉を開ける。そこには床にへたり込んでいるアゲハの姿があった。

「あっ、いや……お湯が思ったよりも熱かったからびっくりしちゃって」

「あー、そうだったか」

なんだ、そんなことか。悲鳴をあげるから、もっと重大な問題でも起きたのかと思ってしまった。

「あ、あのね……キスカ。その、見られてると少しだけ恥ずかしいかも」

「あ、悪い」

とっさに目をそらす。

決してジロジロ見ていたわけではないが、視界に入ってしまったのは事実だ。

アゲハの華奢(きゃしゃ)な体型とか豊満ではないが触ったら柔らかそうな胸とか、そういう見てはいけないものが視界に入ってしまった。

「まぁ、キスカになら見られてもそんな悪い気はしないんだけどね」

なんで意味深なことを言うんだよ。どういう意味だよ、と聞きたい欲求にかられるが、口には出さなかった。

「湯加減を間違えてしまったのかもな」

ひとまず話題を変えなくてはと思い、そう口にする。風呂が熱かったのは、火属性の魔石を使った火力調整を間違えてしまったのが原因に違いない。

「水属性の魔石を使えば、ちょうどいい湯加減になると思うが」

「あっ、あの、お願いしてもいいかな？　魔石の使い方よくわかんないから」

「……もちろん、それはかまわないが」

頷きながら、水属性の魔石を手にする。水属性の魔石に含まれている魔力を操作すれば、冷気を生むことができる。その状態の魔石を風呂の中に入れれば、ちょうどいい湯加減になるはずだ。ただ、すぐお湯が冷めるわけではないので、少しの間待つ必要があるのだが、待っている時間がすごく気まずい。

だって、隣に目をやれば、すぐに近くに裸のアゲハがいるんだから。意識しないようにしつつも、やはり意識してしまう。

「ねぇ、キスカ」

「な、なんだ？」

突然話しかけてきたアゲハに思わずしどろもどろになってしまう。

「私の裸を見たから、ドキドキしているでしょ」

図星だった。

「だったらなんだよ」

けれども素直に認めてしまうわけにいかないという反抗心が芽生えて、俺は素っ気なさを装って答える。

「キスカが見たいなら、もっと見てもいいよ」

ボソッ、と耳元で囁かれる。

瞬間、俺の中で何かが壊れてしまった。振り返った俺はアゲハの裸をマジマジと見る。

そして、その肩に手を乗せて、

「どうなっても知らないぞ」

そう口にする。

すると、アゲハはコクリと頷く。

えっ、本当にいいの？ なんか自分で言っておいて不安になるんだが。ひとまず、何をすべきだ？

とりあえず唇でも奪えばいいのか？

なんてことを考えながら、彼女の唇を見て――

「あっ」

彼女の唇が微かに震えていることに気がつく。その上、彼女は顔を真っ赤にして俯けていた。ひどく緊張しているのが、目に見えてわかる。

なにをやってるんだ、俺は……。

冷静になって思う。なんて馬鹿なことをしようとしているんだろう俺は。だから、プニッと彼女の頬を軽くつねり、言ってやった。

「あまり大人をからかうな」

「ふぇ」

つねられると思ってなかった彼女は、おかしな声を発していた。

すでに、お湯はちょうどいい温度まで冷めていた。

◆

「それじゃ、キスカ。おやすみなさいっ」

「あぁ、おやすみ」

アゲハをベッドに寝かせて、俺はソファで横になる。

ダンジョンを攻略して疲れているはずなのに、どうにも寝付けなかった。さっき風呂場でアゲハと変な雰囲気になってしまったせいだろうか。

いや、それもあるだろうが、もう一つ大きな理由があった。

あのときの悪夢を思い出してしまったのだ。

まだダンジョン攻略が浅いとき、俺はアゲハに襲われそうになった。それを拒絶した結果、アゲハは絶望して自殺した。また、あのときみたいに、就寝した途端、アゲハが襲ってくるんじゃないだろうかと不安がこみ上げる。

もし、そうなったら、恐らく俺は受け入れるんだろうな。だって、拒絶してまた自殺なんてされたら、今度こそおかしくなってしまいそうだし。

それに、彼女は一目見たときからかわいいと思っていた。結界に封印されているアゲハほど、俺は心の底から美しいと思ったものはない。

それに今のところ彼女との関係も良好だ。だから、断る理由なんてどこにもない。

ひたすら、俺は自分に言い聞かせていた。同時に悶々(もんもん)と過ごしていた。

おかげで、しっかり眠りにつくこともできず、気がつけば起きる時間になっていた。

そう、結局、彼女が襲ってくることはなかったのだ。

「キスカ、よく見ると隈(くま)ができているよ。もしかして、しっかり眠れなかったの？」

「あぁ、実はそうなんだ。ダンジョンをどう攻略するか考えていてな……」

「そうなんだ。けど、眠いまま進むのはよくないから、もう少し寝たほうがいいんじゃない？」

「あぁ、そうだな。もう少しだけ眠らせてくれ」

「うん、いいよ。おやすみなさい」

俺はベッドに倒れるように寝転がりながら、考えていた。

これじゃあ、俺一人で盛り上がっているみたいじゃないか。

なんだよ、美少女が近くで寝ているせいで悶々として眠れないって。

ひどい妄想もいいところだ。めちゃくちゃ恥ずかしいな。

◆

「わーっ！　見て、キスカ。倒せたよ！」

魔物を討伐できたことをぴょんぴょんと跳ねることで喜びを表現するアゲハがいた。そして、アゲハは俺のとこまで来て、なにかを待つようにジッとする。

これはあれだ。撫でてほしいって合図だな。

「アゲハはすごいな」

「えへへー」

撫でてやると彼女は頬を弛緩させて喜ぶ。小動物みたいでかわいい。

「しかし、いつの間にか、ボスがいる部屋まで来ていたな」

「ねー、ホントびっくりだよねー」

そう言いながら、二人でボスがいる大きな扉を見上げる。

「キスカ、これからボスの部屋に入るの？」

「いや、その前に寄っておきたいところがある」

「寄っておきたいとこー？」

確か、この辺りに隠し部屋に繋がるスイッチがあったはずだ。

あった、これだ。

「おおっ！　こんなところに隠し部屋が！　キスカはなんでも知っていてすごいでありますなー」

テンションが高いのか、アゲハの語尾がおかしいことになっている。

「おいおい、俺のことを褒めすぎだ。そんなに褒められると調子に乗ってしまうぞ」

ちなみに、俺もけっこうテンション高い。

「えー、でも、キスカは本当にすごいよー。私、キスカよりもすごい人に出会ったことないもん」

「お前、自分が記憶喪失だってこと忘れてるだろ。俺以外に出会った人なんて覚えてないくせに、よく言うぜ」

「おー、そうじゃった。私、記憶喪失だから、キスカ以外の人を知らないんじゃったー」

「このうっかりさんめー」

二人でふざけている間に、宝箱の置いてある場所までたどり着く。

この宝箱の中には〈英明の結晶〉というランダムでスキルが手に入るアイテムが入っている。

「この宝箱を開けるとスキルが手に入るんだが、どうする？　アゲハが開けてもかまわないが」

〈知恵の結晶〉の宝箱は俺が開けて、スキル〈剣術〉を獲得したからな。順番を考えるなら、次はアゲハに譲るのが道義だ。

「私はいいよ。キスカが開けて」

予想通りとはいえ、やはり俺に譲ろうとするか。

「遠慮なんてしなくていいんだぞ」

「んー、遠慮とかじゃなくて。多分だけど、私はこれ以上スキルを手に入れることができないような気がするんだよねー」

「そうなのか」

確かに、スキルは一人五個までと決まっている。アゲハは勇者なんだし上限までスキルを持っていてもおかしくないな。

「じゃあ、そういうことなら、申し訳ないが俺が開けさせてもらうよ」

「うん、全然遠慮しなくていいからねー」

というわけなので、宝箱を開けた。

さて、どんなスキルが手に入るかな。

◁◁◁◁◁◁◁◁◁◁◁◁◁◁
スキル〈誓約〉を獲得しました。
▷▷▷▷▷▷▷▷▷▷▷▷▷▷

「ん？」

〈誓約〉って、一体どんなスキルなんだ？

「どんなスキルが手に入ったの？」

「戦いには役に立たないスキルだな」

うん、どういうスキルかわからないが戦闘では役に立たないということは断言できる。

「あちゃー、そりゃ、残念だね」

「まぁ、ランダムだし、仕方がない」

正直、今持っているスキルで満足しているしな。アゲハと二人なら問題なくボスを討伐できるだろう。

◆

「それじゃあ、扉を開けるぞ。準備はいいか？」

「うん！」

多少は緊張しているようで、アゲハの返事は声がうわずっていた。

心の中で最後の確認をする。〈剣術〉と〈挑発〉、どちらのスキルもレベル3まで上げた。〈誓約〉はレベルの概念がないタイプのスキルだったので、そのままだ。装備は金色の無人鎧（ゴールデン・リビングアーマー）の片手剣。使い勝手はとてもいい。

それに、アゲハに必勝の作戦を伝えてある。

よし、やり残したことはないな。

「いくぞ、アゲハ」

そう言いながら、扉を開けた。

「クゴォオオオオオオオオオオオオッッッ‼」

魔物の叫び声が聞こえた。

大百足（ルモアハーズ）、S級の魔物。強力な毒を持ったムカデ型のモンスター。

大丈夫、一度倒したことがある魔物だ。だから、今回も倒せるはず。

「アゲハ、あの魔物が出す毒には気をつけろよ」

「うん、わかった」

返事をしてアゲハは俺から離れるように跳躍する。事前に告げた作戦通りの動きだ。

「よぉ、化物。俺と一緒に踊ろうぜぇ」

「クシャァアアアアッッッ！」

〈挑発〉に乗った大百足（ルモアハーズ）は俺に突撃してくる。それを剣で弾（はじ）き飛（と）ばす。

「やっぱ、かてぇな、おい！」

大百足（ルモアハーズ）の表皮は鋼のように硬い。おかげで、剣で斬り裂こうとしても、弾き飛ばされる。

だからといって、怖（お）じ気（け）づくわけにはいかない。

「おら、この程度じゃ、俺はなんともねぇぞ！」

さらに〈挑発〉を使う。そして、また突撃してきた大百足（ルモアハーズ）を剣で弾く。キン！　キン！　と、金属音が何度も発生する。

ビュ――ッ、と大百足（ルモアハーズ）がなにかを飛ばしてきた。

「あっ」

大百足（ルモアハーズ）が飛ばしたのは毒だった。

その毒を剣で受け止めて、なんとか体に触れないようにする。けど、毒に触れた剣は無事では済まなかった。

剣は炎天下に晒された氷のように、ジュッと音を立てながらあっという間に溶けてしまった。

まずいっ、武器を失ってしまった。

「キスカッ！」

アゲハが叫んでいた。目で俺のことが心配だと訴えかけていた。

今すぐにでも駆け寄って俺を助けたい、という感情が全身からあふれ出ている。

「アゲハ、俺のとこには来るな！」

だから、そう言って、アゲハを制止させる。

「でもっ！」

「俺のことを信じろ！　だから、お前はやるべきことをやれ！」

そう言うと、アゲハは下唇を噛（か）みながら首を縦に振る。

大百足（ルモアハーズ）を倒すには、今、アゲハに来てもらっては困る。気持ちはわかるが、今は耐えてくれ。

「おい、俺を殺したいなら、よく見て狙え」

再び〈挑発〉を使って、大百足（ルモアハーズ）の気を引く。武器を失ってしまったのは痛いが、後は攻撃を避（よ）け続けることだけを考えればいい。

「クシャァアアアッ！」

それから、大百足（ルモアハーズ）の攻撃をひたすら避け続けた。

避けて、避けて、避けて、避けて、避けて、避けて――もう、何度目かになる攻撃を避けたそのとき――、

「キスカ、お待たせ」

アゲハの声が響いた。

「アゲハ、いけぇええええッッ!!」

俺は全力で、彼女を鼓舞する。

以前、アゲハが俺に見せてくれた技を記憶を失った彼女に教えたのだ。

その技は発動までに時間がかかる。だから、俺がひたすら魔物の攻撃を引きつけて、その間に彼女に攻撃の準備をしてもらった。

その技の名前は――

「聖道式剣技（せいどうしきけんぎ）、竜殺斬（りゅうさつざん）ッッッ!!」

あらゆる敵を一撃で葬る必殺技だ。

迸(ほとばし)る閃光(せんこう)と共に、彼女が一直線上に移動しながら斬りつける。彼女の大剣に触れた瞬間、大百足(ルモアハーズ)の硬い表皮はたやすく斬り裂かれる。

「クゴォオオッッ!!」

大百足(ルモアハーズ)が最期の呻(うめ)き声(ごえ)を出しながら、力を失って倒れる。

それと同時に、アゲハは「ふぅ」と息を吐いて力を抜いた。彼女が通った先には、なにも残らなかった。

◁◁◁◁◁◁◁◁◁◁◁◁◁◁
魔物の討伐を確認しました。
スキルポイントを獲得しました。
▷▷▷▷▷▷▷▷▷▷▷▷▷▷

そのメッセージウィンドウが表示されて倒したことを改めて実感する。

「アゲハ、やったなッ!!」

喜びながら彼女のほうを振り向く。

「ふぇっ」

なぜか彼女は目に涙を浮かべていた。

「おい、どうしたんだ？　普通、今は喜ぶところで泣くところではないだろう」

なぜ、彼女が泣いてるのか見当もつかず困惑する。

「えっと、なんか安心した途端、涙が出てきちゃった。その嬉しくて、キスカの役に立てたことが……ッ。だから、これは嬉し涙なんだけど、変かな？」

「いや、変ではないよ」

悲しいことがあって泣いたんじゃないとわかって安心する。

「えへへ、その、いつものあれ、お願いしてもいいかな？」

「あぁ、いいよ」

そう言いながら、俺は彼女の頭を優しく撫でた。

「がんばったな、アゲハ」

「うん！　私、がんばったよ！」

そう言って、彼女は笑顔を見せる。

いい笑顔だと思った。彼女のこの笑顔を守ってあげたいな、と思うぐらいには。

ダンジョンを共に攻略することで、俺はすっかり彼女に情が移ってしまったらしい。俺も単純な人間だな、なんて客観的に自分のことを思う。

「あっ、キスカ。剣が置いてあるよ！」

ふと、彼女の言う通り一振りの剣が地面に突き立てられていた。刃(やいば)まで赤く染まった剣、〈猛火の剣〉だ。

この【カタロフダンジョン】のクリア報酬で、以前傀儡回(くぐつまわ)しとボスを倒したときも同じものを獲得したのを覚えている。

剣を俺に手渡そうとするアゲハにそう尋ねる。

「うん、私にはこの大剣があるし、この剣はキスカが使ったほうがいいよね」

「そういうことなら、ありがたく使わせてもらう」

「あっ、あの光はなんだろう？」

アゲハが指さした先には、床に光る転移陣があった。ボスを撃破したことで現れたのだろう。

「転移陣だな。あれに触れればダンジョンの外に出ることができるんだよ」

「そうなんだ！　じゃあ早く行こっ、キスカ」

「あぁ、そうだな」

アゲハのやつ、いつもよりテンションが高いな。まぁ、あれだけ強いボスを倒したんだ。テンションが高くなるのも当然か。

なんてことを考えながら、先行するアゲハの背中を追いかけようとしたとき――、

ヒュッ、と風を切る音が聞こえた。グシャッ、と血が飛び散る音が聞こえた。

「――え？」

アゲハはそう言いながら、自分の腕を見ていた。右腕が途中から欠損していた。

「あぁあああああああああッッ!!」

寸秒遅れて、アゲハが激痛で叫び声をあげる。

「おい、アゲハ!?」

今、なにが起きた？

なにもわからない。ただ、なにかが飛んできてアゲハの右腕が斬り落とされた。とにかくアゲハを助けなくては、そう思いながら、彼女に右手を伸ばす。

ドンッ、と体に衝撃が走る。

「あがっ」

呻き声を漏らしながら、俺は地面を転がる。

何者かに蹴り飛ばされたんだとわかる。

この場に、俺とアゲハ以外の第三者がいる。そいつが俺たちに攻撃を仕掛けてきたんだ。

「誰だ……っ!?」

そう叫びながら、俺はその第三者の正体を確かめようと振り向いた。

そこにいたのは――。

◆

それは、いつも神出鬼没だった。

突然現れては、目の前の存在を葬る。憎しみと嫉妬の塊のような存在で、いつもなにかに対して苛立(いらだ)っている。

だから、それは吸血鬼ユーディートの首を斬り落とした。

ユーディートは吸血鬼だから、首を落とすだけでは死なないため、念入りに脳みそをかき混ぜるように叩き割る。脳みそをぐちゃぐちゃにして、ようやっと、吸血鬼を殺せたんだと自覚する。

それから、それは次の標的を求めて、ゆっくりとダンジョン内を徘徊していた。

そして、見つけたのだ――次の標的を。

◆

「ずるいなぁ」

ねっとりと粘着したような声質だった。それは、するどい目で俺たちを睥睨していた。

「お前ばっかり、いい目にあって、なんで我はいつも損な役回りなんだよぉ」

そうやって嘆く。

「……アゲハ？」

そんな中、俺はただ混乱していた。そう、アゲハの腕を斬り落とし、俺を蹴り飛ばした存在はアゲハだったのだ。

「あっ……あぁッ！」

腕を斬り落とされたアゲハは激痛に未だ悶えていた。

俺の目の前にアゲハが二人いるのだ。

は……？　どういうことだ？　意味がわからない。

「誰なんだ、お前は？」

そう、尋ねていた。どっちのアゲハに尋ねているのか自分でもわからない。もしかしたら、二人に対して尋ねていたのかもしれない。

「アゲハ・ツバキだよ、我は」

答えたのは、俺を蹴り飛ばしたほうのアゲハだった。

「なんで、同じ人間が二人いるんだ？」

そう質問をすると、「ふっ」とアゲハは自嘲的な笑みを浮かべては、腕を斬り落とされたほうのアゲハを指さしながら言った。

「こいつは我の偽物だ。我のフリをして、いつも我からなにもかもを奪おうとする」

「はぁ……」

よくわからなかったので、ため息のような吐息を出してしまう。

黒アゲハ（混乱するので、突然現れたほうのアゲハを黒アゲハと呼ぶことにした）の言い分では、黒アゲハが本物でアゲハ（記憶を失ってるほうのアゲハ）が偽物ってことらしい。

アゲハの言い分も聞くべきかと思って、彼女のほうを見る。

「意味わからない、意味わからない、意味わからない！　なんで、私がもう一人いるのよッ！」

アゲハは頭を抱えて錯乱していた。そうだ、アゲハは記憶を失っているんだった。偽物と言われても、なんの反論もできるはずがない。この場で一番混乱しているのは彼女なんだ。

「ふっ、都合悪い記憶を全部消してやり直そうってか。あぁ、本当嫌になるぐらい、脳内お花畑だなぁ、お前は」

「そんなの言われても知らないよッ！」

「知らないのは、自分が原因だろう。あぁ……っ、もう呆れるなぁ！」

「だから、わからないって！」

黒アゲハとアゲハが応酬していた。

「キスカ……ッ！　お願い助けてよ……」

「あぁ」

アゲハが俺にすがるように助けを求める。彼女の期待には応えたいが、助けてくれと言われても、なにをどうすれば助けられるんだ。

「アゲハ……？」

ふと、近くにいた彼女が肩を震わせていることに気がつく。

そりゃそうだよな。俺だって、同じ目にあったらすごく怖いに違いない。だから、少しだけ彼女の不安を取り除けることができるならと思い、彼女をそっと抱き寄せる。

「ずるいなぁ」

ぼそっ、と黒アゲハが毒を吐いた。

「ずるいよ。お前ばっかり媚びを売ってかわいがられて、それで嫌な役目は我に押しつけて。ずっと、ずっと、ずっと、そうやって我を利用して。あぁ、もう嫌だ。付き合いきれん。今まで、我慢してきたけど、もううんざりだ。我もそっちがよかった。だって、我も×××が好きなのに……っ」

一部だけ聞き取れなかった。

けど、そんなことより、別のことに意識が向く。

泣いていた。黒アゲハは大粒の涙を流して訴えていたのだ。

「そんなつもりじゃ……っ」

なにかを否定しようとアゲハがそう口にする。

あぁ、助けないと。正直、二人の間になにがあったのか俺にはよくわからない。なにが正解でなにが間違っているのか。なにが正義でなにが悪なのか。微塵もわからない。

けれど、目の前で泣いている女の子がいたら助けてあげたい。俺の中で芽生えた感情の中で、それだけは確かだと思えた。

だから無意識のうちに俺は手を伸ばしていた。

「もう無理だぁ」

ポツリ、と黒アゲハが言う。

「こんなことなら救うんじゃなかった」

そして、諦めきった表情で彼女はそう言う。

「こんな世界なら、なくなったほうがいいよね？」

まずい……っ。

黒アゲハがなにかをしようとしている。それがなにかわからないが、本能が非常にまずいんだと訴えかけていた。

「やめろ！　アゲハッ！」

そう叫んだときにはすでに遅かった。

ポツリと彼女はこう口にしていたのだ。

「〈リセット〉」

と。

◆

〈セーブ&リセット〉。

これは、アゲハから受け取ったスキルだ。

俺はこのスキルを使って、何度も時間をやり直した。

ただ、ふと冷静になって考えてみると、俺はこのスキルについて、なにもわかっていないことに気がつく。俺は〈セーブ&リセット〉を使いこなしている気になっていただけで、本当の意味でこのスキルを使いこなせているんだろうか？


今、リセットと言ったか？

黒アゲハが呟いたことを思い出す。瞬間、俺は頭の中で〈セーブ&リセット〉のことを思い浮かべた。

〈セーブ&リセット〉は〈セーブ〉と〈リセット〉二つで一つのスキルで、この二つが合わさって死に戻りができているんだと思っていた。けど、黒アゲハが「〈リセット〉」と口にしたことで、その認識が大きく間違っているんじゃないかという可能性に思い至った。

まさか、〈セーブ〉と〈リセット〉は別個のスキルでそれぞれ固有の能力を持っているのではないだろうか。そして、彼女は〈リセット〉だけの能力を発動させた……？

じゃあ、〈リセット〉の持つ能力とは一体なんなのか？


その答えは黒アゲハが〈リセット〉と口にしたことで判明しかけていた。

途端、世界は闇に呑まれた。


「あ……？」

意識が覚醒する。

刹那、目の前の状況に困惑した。

広がっていたのは、永遠に続く闇。地面もなければ空もない。地平線さえ見つけることが叶わない。

「なんだ、これは？」

黒アゲハが〈リセット〉と口にしたところまでは覚えている。

それから、どうなったんだ？　気がつけば、なにもない世界に放り出されている。

「おい、誰かいないのか!?」

叫んでみるも声は闇に吸い込まれるだけだった。どうやらなにもない世界に迷い込んでしまったみたいだ。

とはいえ、ずっとここにいるわけにもいかない。ひとまず、歩くだけ歩いてみてなにかないか探してみよう。

あれから何時間くらい彷徨ったことだろうか。

どこまで歩いても、景色は変わらなかった。太陽も存在しないので、この世界に来てどれだけ時間が経ったのか見当もつかない。

「あぁ、やっと見つけることができた。こんなところにいたのか」

「あ？」

突然、声が聞こえたので振り向くとそこには『何か』がいた。

『何か』としか、それを言い表すことができなかった。なぜなら、話しかけてきたそれを説明する言葉を俺は持ち合わせていなかったからだ。

『何か』は俺が知っているあらゆる存在からあまりにもかけ離れた形状をしていた。それゆえに、どう説明することもできない。せめて言えることは、人間のように喋りかけてるが、人間ではなく、かといってあらゆる生命からもかけ離れているし、あらゆる物質からもかけ離れている存在といったところか。

「びっくりした顔をしているね」

『何か』はそう語りかける。

「あぁ、色んなことが起こりすぎて、頭が混乱している」

「確かに、最近の君は大変だったね。おかげで、僕は楽しませてもらったけど」

「はぁ」

なにを言っているのかよくわからなかったので、曖昧な返事をした。

「その、ここはどこで、お前はなんなんだ？」

「ふむ、いい質問だね」

『何か』はそう口にした。

「ここは滅んだ世界の結末で、僕はなんだろう？　ふむ、僕を説明するいい言葉が思いつかないな」

滅んだ世界の結末？　どういうことだ？

「えっと、世界は滅んだのか？」

「うん、そうだよ。ほら、ここにはなにもないだろ。世界が滅んだから、無が続いているんだよ」

「なるほど」

確かに、無の世界というのはここを言い表すのに最も適切な表現のような気がする。

「あまりショックを受けないんだね？　世界が滅んだんだよ。普通、そんなことを聞かされたらショックだと思うけどな」

「んー、話が壮大すぎて、ピンと来てないんじゃないかなー」

「なるほど。確かに、そう言われたら、一理あるね」

にしても、世界が滅んだというのに、なぜ、こうして俺に意識が残っているのか不思議だ。

「えっと、お前は神様なのか？」

ふと、目の前の『何か』に対して、そんな質問を投げかける。

目の前のそれが神様なら、納得できそうな気がした。目の前の『何か』は神のように超越的だ。

「いや、神様と違って僕は全知全能ではないからね。僕が神様を名乗るのはおこがましいよ。そうだな、僕のことは観測者とでも呼んでくれ」

「観測者？」

「そう、世界を観測するのが僕の役目のようなものさ」

「ふーん、そうなのか」

よくわからないが、多分これ以上質問してもわからない気がしたので、深く聞かないことにした。

「えっと、世界が滅んだのに、なんで俺の意識は残っているんだ？」

「それは君が因果律の外側にいるからだよ。心当たりはあるだろ？」

心当たりか。因果律というのがなんなのかわからないが、〈セーブ&リセット〉を持っているおかげで、こうして意識を保てているってことだろうか。

「世界が滅んだのはアゲハが原因なのか？」

「うん、そうだね。彼女が因果を書き換えてしまった」

「はぁ」

この観測者との話はわからないことだらけで、困ってしまうな。

「さて、君に問おう。世界を救いたくはないかね？」

観測者が改まった調子でそう口にした。

「観測者の僕としても、このまま世界が滅んだままなのは非常に心苦しくてね。だから、君にこの世界の命運を託そうと思うんだが、どうかね？」

「そうですね……」

「なんだいその反応は？　乗り気じゃないようだね」

「うーん、世界を救えるなら救いたいですけど、俺なんかにそんなことできるんですかね？」

俺が世界を救うなんて、あまりにも大層な役目すぎて、そんなの自分に務まりそうにないのが正直な感想である。だって、俺はただの農民だぞ。

「できるかどうかは君次第だが、ふむ、困ったなぁ。よしっ、こんな風に考え方を変えてみたらいいかもしれないね」

いいアイディアを思いついたとばかりに観測者はこう口にした。

「アゲハ・ツバキを救いたくはないかね？」

「それなら、はい」

ふと、黒アゲハが流していた涙が脳裏に浮かぶ。彼女がなぜ、涙を流すのか、俺はその理由を知りたいと思った。黒じゃないアゲハのことも気になる。彼女に対して俺は悪くない感情を抱いていた。そもそも、なぜアゲハは二人いたのかさえ、俺にはわからない。

「いい返事だ。では、君に世界の命運を託そう」

観測者がそう口にすると、なにか作業を始めていた。それがなんなのか、俺には全く理解が及ばない。

「注意事項は二つ。君の〈セーブ&リセット〉は健在だ。けれど、使い方に気をつけること。もう一つは世界が救われたと判断できたら、君を強制的に元の時間軸に戻すからね」

「……わかりました」

そう頷くも、未だ観測者の言葉に現実感がないせいでピンと来てない。

「それでは、世界が滅びる前、具体的には百年前に行ってらっしゃい」

観測者に手はなかったが、仮にあったとしたらその手を振ってくれていたんだろうなぁ、と思う。

どうやら、俺はこれからどこかに行くらしい。

「あ……」

気がつけば、俺は地面を踏みしめ、日の光を浴びていた。

まず、ここがどこなのか、調べることから始める必要がありそうだ。

第二章　百年前の世界

足下を見ると地面があることに安堵する。見上げれば、太陽の日差しが眩しい。どうやら、世界はまだ滅んでいないらしい。

「おい、ダンジョン帰還者が現れたぞ！」

「誰かが、このダンジョンをクリアしたんだ！」

声がしたほうを振り向く。すると、村人らしき人たちが俺のことを眺めていた。

俺がダンジョン帰還者とはどういうことだ？

「あっ」

足下を見て俺がダンジョンを攻略した者が立つとされる台座に立っていることに気がつく。そして、右手には【カタロフダンジョン】のクリア報酬〈猛火の剣〉が握られていた。

どうやら俺は【カタロフダンジョン】の転移陣を踏んだ直後に飛ばされたらしい。

けど、隣にアゲハの姿はなかった。俺一人だけが、ダンジョンの外に出ることができたようだ。

そのことに妙な喪失感を覚える。

「おい、あんた名前は？」

ふと、村人に話しかけられる。

「えっ？」

名前を聞かれたことに戸惑っていた。

カタロフ村で俺のことを知らない村人はいなかったはずだ。俺は、この忌々しい銀髪のせいで差別されてきたんだから。

「キスカですけど」

「キスカか。いやー、すごい冒険者もいたもんだな！」

そう言って、村人は俺の肩を気安く叩く。その表情は朗らかだった。差別対象のアルクス人に対する対応ではない。

ふと、『百年前に行ってらっしゃい』という観測者の言葉を思い出す。

「もしかして、本当に百年前に来てしまったのか」

「おい、今なんか言ったか？」

本当に百年前の世界に飛ばされたなら、俺がこの世界の運命を握っているってことなんだろう。

ただ、世界を救えと言われても、なにをすればいいのか俺にはさっぱりわからない。

そうだな、もう少し身近な目標を立ててみよう。

「いや、なんでもない。それより、冒険者ギルドまで案内してくれませんか」

「あぁ、もちろんかまわないぜ」

「まずは、アゲハに会いに行こうか」

百年前なら、彼女はまだ封印されていないはずだ。

そのためにもまずは冒険者ギルドに行って情報収集を行おう。

「それじゃあ、冒険者ギルドはここだぜ。じゃあな、英雄！」

冒険者ギルドまで案内してくれた村人が、そう言って手を振る。

「案内してくれてありがとうございます」

英雄って大げさな。苦笑しながらも、俺はお礼を言う。

冒険者ギルドの場所は百年前も同じだった。ただし、建物の外観は違っていた。

とりあえず、中に入ってカウンターの中にいる受付嬢に話しかける。

「ご用件はなんでしょうか？」

「相談したいことがありまして」

ギルドの受付嬢なら、アゲハについてなにか知っているかもしれないと思い、ここを訪ねたのだ。

「ご相談ですね。かしこまりました。ただ、その前に、冒険者カードを見せていただいても構いませんか？」

冒険者カードか。冒険者なら、みんな持っていると聞いたことがあるが、俺は冒険者として活動した実績は皆無に等しいため、所持していない。

「持っていないです」

「つまり、これから冒険者として活動を始める方ですか？」

「まぁ、そんなところです」

「そういうことなら、まずは冒険者カードを作りましょうか。こちらに必要事項をご記入ください」

と、受付嬢から書類を手渡される。

その書類の必要事項を記入していく。まずは名前。それから職業。自分の職業は剣士だろうか。

次はランクとある。

「あの？　自分のランクってどうやって確認すればいいんですか？」

「それなら、ご自身のステータス画面を確認すればいいですよ。名前の下に表示されます。なにも書いてなければ、ノービスです。まれに、初心者の方でもブロンズからスタートする方もいらっしゃいますが」

ステータス画面にそんなこと書いてあっただろうか？　と思いながら、自分のステータス画面を表示する。

◁◁◁◁◁◁◁◁◁◁◁◁◁◁◁◁◁◁◁◁
〈キスカ〉
ランク：プラチナ
▷▷▷▷▷▷▷▷▷▷▷▷▷▷▷▷▷▷▷▷

ホントだ。

プラチナと書かれている。こんな表記、以前はなかったはずだ。

「プラチナのようです」

「え!?　プラチナなんてあり得ませんよ!?　ほとんどの初心者はノービス、よくてアイアンです！」

「と言われてましても……」

実際、プラチナと書かれているしな。

「本当だというなら、ステータス画面を私に見せてください！」

「まぁ、いいですけど」

というわけで、名前とランクだけが見えるようにステータス画面を弄ってから、受付嬢に見せる。

「ホ、ホントにプラチナと書いてあります……」

まるで信じられないものを見たとでも言いたげな表情でそう呟く。

「初心者でプラチナって、そんなに珍しいことなんですか？」

「珍しいどころではありませんよっ！　あの、失礼ですが、本当に初心者の冒険者ですよね……？」

確かに、冒険者としては初心者だが、実績なら一応ある。

【カタロフダンジョン】を攻略したことならありますよ」

「えぇ!?　あの未踏破の【カタロフダンジョン】を攻略したんですか!?　それなら、プラチナなのも納得です」

まぁ、俺一人の力でダンジョンを攻略したわけではないので、そんなすごいことではないと思うが。

「そもそもプラチナってすごいんですか？」

「えぇ!?　もしかしてご存知じゃないんですか!?　いいですか、ランクというのはですね……」

と、食い気味に説明する受付嬢に気圧されながらも説明を聞く。

どうやら冒険者のランクは八段階存在するらしく、下から、ノービス、アイアン、ブロンズ、シルバー、ゴールド、プラチナ、ダイヤモンド、マスターとあるらしい。

プラチナというのは上から三番目にすごいランクということになる。

「ノービスは戦闘力がない方を指すので、人類のほとんどはノービスです。魔物を一体でも倒せる力があると、アイアンに昇格できます。ですので、一般的にはアイアン以上でないと冒険者とは見なされません」

なるほど。俺もダンジョン奥地に追放される前までは、戦闘力がない農民だった。そのときは、ステータスになにも書かれていなかったので、ノービスだったのだろう。

「プラチナランクということは、およそ上位0・1％以上だと認められるランクです。ちなみに、この0・1％というのは、ノービスを含めないアイアンからマスターまでを100％とした数値です。だから、プラチナはとってもすごいですよ。私もプラチナランクの方は初めて拝見しましたので」

そう説明されると、確かにすごそうに聞こえてくるな。

「でも、さらに上にダイヤモンドとマスターというランクがあるんですよね」

所詮プラチナは上から三番目のランクだ。そう聞くと、あんま大したことがなさそうだな。

「いやいや、ダイヤモンドは上位0・01％しかなれない最強のランクです。マスターに限っては、上位十名しかなることが許されない伝説のランクですよ。普通はなることができません」

なるほど、そう説明されるとプラチナでもすごそうに聞こえてくる。

「とにかく、プラチナはめちゃくちゃすごいんですよ！　わかりましたか？」

「まぁ、なんとなく」

正直、そう言われても自分が強いという実感が全くないんだよなぁ。

「それで、相談ごとがあるんですが」

冒険者カードを作り終えた俺は、受付嬢に対し、そう口にした。

「はい、どのような内容ですか？」

「アゲハという冒険者を探しているんですが、ご存知でしょうか？」

そもそも俺が冒険者ギルドに来たのは、アゲハの行方について調べるためだ。

「いえ、申し訳ないです。聞いたことがないですね」

ふむ、百年後、吸血鬼ユーディートがアゲハのことを魔王を倒した勇者だと言っていたため、それなりに有名人かと思って聞いたのだが、当てが外れたか。

「それじゃあ、勇者について、なにか知りませんか？」

アゲハのことはわからなくても、勇者についてなら何か知っているかもしれない。

「もしかして、キスカさんは戦争への参加希望者ですか？　プラチナランクの方が戦争に参加してくれるのは非常に心強いですが……」

「戦争っていうのは、なんでしょう？」

「えっと、西のアリアンヌ地方にて行われている勇者軍と魔王軍の戦争のことですが」

そういえば聞いたことがあった。

百年前、魔王軍と勇者軍による大規模な戦争が行われたことを。確か、その戦争で勇者軍が決定的な勝利を収め、魔王は敗走することになるんだ。その戦争の名は戦った場所にちなんで『アリアンヌの戦い』と呼ばれている。

その戦争が、ちょうど今、行われているのか。

「その戦争に参加するには、どうすればいいんですか？」

勇者であるアゲハもこの戦争に参加している可能性が高いから、俺も参加するのが一番手っ取り早いだろう。

「えっと、そうですね。確か、兵士を募っていたはずですから……」

と、受付嬢は手元の資料をめくって確認しようとしている。

少し時間がかかりそうだなぁ、と思って、待っていると、
バタンッ！　と大きな扉の開閉音と共に、声が聞こえた。

「ここに【カタロフダンジョン】をクリアした冒険者がいると聞いた！　名乗り出てほしい！」

振り返ると、甲冑（かっちゅう）を身につけた女騎士が立っていた。

【カタロフダンジョン】をクリアした冒険者か。……俺のことだな。

「ここにいるのはわかっている。正直に名乗り出ろ！」

鬼気迫る表情で叫ぶ女騎士に圧倒されてしまい、名乗り出るべきかどうか悩んでしまう。名乗り出たが故に、面倒ごとに巻き込まれたらたまったもんじゃない。

ここは我関せずを貫くべきか。

「あっ、【カタロフダンジョン】を攻略した冒険者はこの方ですぜ！」

そう言って、俺を指さしていたのは冒険者ギルドまで案内してくれた村人だった。

「貴様か。なぜ、すぐに名乗り出なかった？」

女騎士は俺の前に立つと、怖い形相でそう口にする。

「えっと、急いでたもんで……」

もっとうまい言い訳を言ったらどうだ、と自分に対して思うが、他に思いつかなかったので仕方がない。

「まぁ、いい。今は一刻も争う事態だ。こっちに来い」

有無を言わさない態度で女騎士は俺の腕を強く引っ張る。抵抗しようとしてみるが、力が強すぎだろ、こいつ！　全く抵抗できない。

結果、俺はそのままズルズルと引きずられて冒険者ギルドを後にするのだった。

◆

連れてかれたのは、【カタロフダンジョン】の入り口だった。

そこには、四名の男女の集団があった。その集団は年齢も背丈も見た目もバラバラだったが、一つだけ共通点がある。

例外なく、全員が強そうな武器を持っている。つまり、この集団は冒険者ってことなんだろう。

「連れてきたぞ。【カタロフダンジョン】をクリアしたという冒険者を」

女騎士はそう言いながら、俺のことをみんなの前に立たせる。

「ふーん、こいつがですか。あまり強そうには見えないですね」

「でも、ダンジョンに詳しい人がいるのは心強いよ。ねぇ、君、名前はなんて言うんだい？」

優しそうな目つきをした長身の男の人、しかもイケメンがそう話しかけてくる。

「キスカですけど」

「キスカくんか。実は君にどうしても頼みたいことがあるんだ」

「えっと、頼みというのはなんでしょうか？」

俺にはやらなくてはいけないことがあるから、こいつらの頼みを聞く余裕なんてないんだけどな。

「お待ちください、我々の事情をまだ信用できるかわからない男に話すんですか⁉」

口を挟んだのは、俺をここまで連れてきた女騎士だ。

「カナリア、落ち着いて。彼の協力を得ようとするなら、まずは僕たちが彼の信用を得ることからだよ」

「すみません、出過ぎた真似をしました」

女騎士が頭を下げると、後ろへと下がった。これらの様子を見るに、この男がこの集団の中で一番偉いんだろうか。

「それじゃあ、キスカくん。これから話すことは他言無用で頼むよ」

「わかりました」

他言無用って。それほど重要な話を聞かされるんだろうか。

「我々はある者を追跡して、ここまで来たんだ。そのある者はこの【カタロフダンジョン】に逃げ込んだことがわかっている。だから、君のようなダンジョン内部に詳しい人を探していたんだ」

なるほど、確かに【カタロフダンジョン】の構造に関してなら、俺は誰よりも詳しいだろう。

「その、ある者というのはどんな方なんですか？」

わざわざダンジョンに逃げ込むなんて、よほど腕に自信がある人なんだろうと思いながら尋ねる。

普通の人なら、ダンジョンに入ったら魔物に殺されて終わりだ。そんな魔物の巣窟に逃げるためとはいえ、自ら進んで入るとは。なんてことを考えながら答えを待った。

するとと、長身の男は平然とした口調で、こう告げるのだった。

「魔王だよ」

「は——？」

衝撃的な単語に言葉を失う。

「えっと、あなた方は何者なんですか？」

恐る恐るそう尋ねる。魔王を追ってここまでやってきた人たち。それが、どんな人たちなのか、なんとなく想像がついてしまう。

「勇者と、その仲間と答えたら、納得できるかな」

どうやら俺はものすごい厄介事に巻き込まれてしまったらしい。

その男は勇者エリギオンと名乗った。

知っている名だ。百年後では、魔王を倒した勇者の名として語られている。

それが、今、目の前にいた。

彼らの話を聞くに、アリアンヌ地方で開戦した、『アリアンヌの戦い』と呼ばれる魔王軍と勇者軍の大規模な戦争において、勇者軍は劇的な勝利を収めたらしい。

しかし、肝心の魔王を倒すことはできなかった。敗走した魔王は身を隠すために、【カタロフダンジョン】の奥地に逃げたことまでわかったが、肝心の【カタロフダンジョン】の内部構造に詳しい者が味方にはいなかった。

なにせ【カタロフダンジョン】はSランクダンジョンで、今まで攻略した者がいないとされているダンジョンだ。

途方に暮れていたところ、その【カタロフダンジョン】を攻略した冒険者が現れたという噂をちょうど耳にしたという。その冒険者を探し回った結果、俺のもとにたどり着いたとのことだった。

「それで、キスカくん、案内をお願いできるかな？」

そう言って、勇者エリギオンは手を差し伸べる。

「一つだけ質問してもいいですか？」

「もちろん、なんでも聞いてくれてかまわないよ」

「アゲハという名に心当たりはありませんか？」

「聞いたことないな。君の知り合いかな？」

勇者エリギオンは即答する。勇者以外の仲間に知っている人がいないか目配せするが、誰も答える様子はない。

「えっと、実は人捜しをしていまして」

「そうだったのか。期待に応えられなくて申し訳ない」

「いえ、知らないなら仕方がありません」

「それで、急(せ)かすようで悪いが僕たちに協力はしてくれるのかな？　もちろん相応の報酬は払うことを約束する」

さて、どうしたものか。

協力すべきか断るべきか。俺の目的はあくまでもアゲハを捜し出し、そして彼女を助けることだ。

頭を悩ませていると、吸血鬼ユーディートの言葉を思い出す。

魔王は勇者アゲハによって、滅ぼされた。つまり、魔王の近くにいれば、いずれアゲハに出会える可能性が高い。

「わかりました。協力させてください」

彼らが魔王を追っている以上、彼らと行動することで魔王に近づけるのは間違いない。

この行動がアゲハに繋(つな)がることを願って、俺は彼らへ協力することにした。

それから俺たちは軽く自己紹介をすることになった。

これから、共に高難易度のダンジョンに潜ろうというわけだから、お互いのことについて少しは知っておくべきだろう。

「キスカです。職業は剣士。それから〈挑発〉スキルを持っているので、敵を引きつけることができます」

「いいね。回避盾とかができそうだ」

勇者エリギオンがそう言う。

回避盾というのは、確か、敵の攻撃を回避しながら引きつける役割のことだと聞いたことがある。

やったことはないが、問題なくできるだろう。

「貴様、ランクはいくつだ？」

「プラチナです」

「プラチナか。なら、我々の足手まといにはならないな」

女騎士の言葉にほっと胸をなで下ろす。ランクがプラチナのおかげで、舐められずには済んだらしい。

「それじゃあ、次は僕から自己紹介しようか」

そう言ったのは、勇者エリギオンだった。


まず、このパーティの主力であり人類の希望でもある勇者エリギオン。

本名は、エリギオン・ラスターナ。ラスターナ王国の第一王子とのこと。

そういえば、勇者エリギオンの身分が王子だったのは聞いたことがあった。確か史実では、この後、国王として即位するはずだ。こんな高い身分の人が目の前にいると思うと少し緊張するな。

ちなみに、ラスターナ王国はここカタロフ村を領地に含む大国だ。

職業はもちろん勇者。聖剣を使って戦うとのこと。

ランクは最高位のマスター。序列は七位。

次に自己紹介したのは、俺を冒険者ギルドから引きずってきた女騎士。

本名はカナリア・グリシス。

職業は聖騎士。剣術と治癒魔術が得意な職業だ。

国王の近衛兵（このえへい）も務めているらしい。

ランクはダイヤモンド。


その次は、ドワーフのゴルガノ。

使う武器は斧（おの）。職業は戦士。

「あんちゃん、よろしくな！」

と言って、戦士ゴルガノは俺の肩を叩いた。親しみやすそうな人だ。

ランクはダイヤモンド。


次は長身で不気味なローブをまとった男。フードを深く被（かぶ）っているせいで顔を判別することが難しい。

「ノク。よろしく」

男は抑揚がない言葉でそう自己紹介をする。

「こいつはいつもこんな感じだ。だから、あんま気にするなよ！」

と、戦士ゴルガノがフォローしてくれる。人見知りってことなんだろうか。

職業は暗殺者。てっきりローブを身につけているので魔術師だと思ったが、違うみたいだ。

ランクは教えてくれなかった。

そして、もう一人。

「いいですか、ニャウは見た目のせいで、よく子供扱いされますが、こう見えて年齢はあなたよりもずーっと上ですから。けっして、ニャウのことを子供扱いしないでくださいね！」

見るからに幼い少女がそう言って、自己紹介を始めていた。理由はわからないが、なにかに怒っているように見える。

「お嬢ちゃん、今、大事な話をしているから、あっちに行っててくれると助かるな。あっ、もしかして、ママとはぐれたのか？」

なぜ、幼い少女がこんなところにいるんだろうか、と思いながら、そう尋ねてみる。迷子なら早く母親を見つけてあげないと。

「うわぁーんっ、この人、ニャウのこと、子供扱いしてきたーッ!!」

少女は勇者エリギオンに泣きつく。おい、勇者様を困らせるのはマズいだろう。

「この子はこう見えて、僕たちよりも年上のエルフなんだよ。だから、あまり虐めないであげてほしいな」

勇者エリギオンがそう説明する。

エルフとな？　彼女の髪に埋もれていてすぐには気がつかなかったが、よく見ると耳の先端が尖っていた。

そういえば、エルフは長寿で不老だと聞いたことがある。

「その、エルフとは知らず失礼しました」

一応、謝っておく。

「ほら、彼もこう言っているんだ。許してあげて」

「次、ニャウのこと子供扱いしたら、許しませんからっ」

泣きべそをかきながら少女はそう言う。正直、これが自分より年上とか思えないな……。

エルフで本名はニャウ。

手には背丈より大きなロッドを持っている。職業は賢者。賢者というのは、魔術師の上位互換とされる珍しい職業らしい。

ランクは、見た目に反してダイヤモンド。


というわけで、全員の自己紹介が済んだ。

勇者エリギオン。

聖騎士カナリア。

ドワーフの戦士ゴルガノ。

謎のローブ男。暗殺者ノク。

エルフの賢者ニャウ。

そして、俺、キスカ。

このメンバーで、【カタロフダンジョン】に潜ることになった。

俺にとっては人生二度目のダンジョン攻略だ。

◆

「ねぇ、キスカくん。君はその格好でダンジョンに行くのかい？」

【カタロフダンジョン】の入り口へ行こうとすると、勇者エリギオンが俺のことを指しながらそう言った。

格好って、この格好になにかおかしな点があるのだろうか。

「どう見てもただの村人の服装だよね。それ」

確かに、その通りであった。とはいえ、囚人としてダンジョン奥地に追放された身分なので、着替えなんて持ってるわけなかったのだが。

「まずいですかね、この格好」

「当たり前だ！　我々は勇者パーティなんだ。そんな貧相な格好の勇者パーティがあるか！」

聖騎士カナリアが声を張る。なるほど、勇者パーティは見た目も気にしなくてはいけないのか。

とはいえ、俺にはある問題があった。

「えっと、着替えたいのは山々なんですが、お金がなくて……」

「………………」

しばし沈黙が流れた。まさかの答えに絶句しているのだろう。

実際にはクリア報酬の〈猛火の剣〉を売れば、それなりの額を手に入れることはできるんだろうけど、せっかく手に入れた武器なので売りたくない。

「仕方がない。ほら、お金を貸してやる。今すぐこれで買ってこい！」

と言って、聖騎士カナリアが決して小さくない額を手渡す。マジか、こんなにお金を貸してもらえるなんて。

「ちゃんとおつりは返すんだぞ」

「わかってますよ……」

そんなわけで俺は急いで冒険者用の服を購入してその場で着替えた。他の人たちを待たせていてあまりにも急いだせいで最もシンプルな服を選ぶことになったが、これで勇者パーティとして最低限取り繕うことができただろう。

「それじゃ全員揃（そろ）ったね」

俺が到着すると、勇者エリギオンとその一行は【カタロフダンジョン】の入り口へと向かった。

「あ、ダンジョンに入る前に、お伝えしたいことがあるんですが」

あることを思い出した俺は立ち止まってそう言う。

「伝えたいこととはなんだ？」

聖騎士カナリアが鋭い眼光で俺のことを見つめる。

悪いことをした覚えはないんだが、なんでそんな怖い目つきで俺のことを見るんだろうか。

「えっと、実はこの【カタロフダンジョン】には入り口が二つあってですね、一つは目の前にある入り口、もう一つはダンジョン奥地に飛ばされる転移陣がありまして……」

本当は、さらにもう一つ、ダンジョン内と外とを自由に行き来できる転移陣があると以前、吸血鬼ユーディートに教えてもらったが、そのときにはすでに、その転移陣は壊されてしまった後なので、場所までは教えてもらってない。

恐らく、この時代では、その転移陣はまだ壊されてはいないかもしれないが、余計な情報を与えて混乱させる必要もないだろう。

「それで、俺はこのダンジョンを攻略するために、入り口ではなく転移陣を使って中に入ったので、ダンジョン奥地の構造には自信がありますが、逆に入り口付近のダンジョン浅層は全く詳しくありません。ですから、俺にはダンジョン浅層の案内は難しいです」

俺が彼らに案内人として雇われたのは、【カタロフダンジョン】に詳しいからという理由だ。

だが、冤罪でダンジョン奥地に転移陣で飛ばされた俺にとって、本来の入り口を使った先がどうなっているかなんて、知りようがなかった。

「おい、案内できないとはどういうことだ!? それでは、貴様を雇った意味がないではないか！」

聖騎士カナリアに怒鳴られる。確かに、案内できないというのは案内役としては失格だ。こんなことなら、安請け合いするんじゃなかったな。

「カナリア落ち着いて」

「はっ、出過ぎた真似をしました、殿下」

まだ、なにか非難しようとしていた聖騎士カナリアを勇者エリギオンが窘める。

「キスカくん、情報をありがとう」

「い、いえ……大したことではないです」

勇者エリギオンは嫌な顔をしないどころか、俺へのお礼を口にする。この人、懐も大きいし、見た目もイケメンだし、こういう人だからこそ勇者に選ばれたんだろうなと思ってしまう。

「まず、僕たちが考えなければいけないのは、魔王がどのルートを使ってダンジョンに入ったかだよね」

勇者は顎に手を添えてそう口にする。

「カナリア、魔王が入り口を使ってダンジョンに入ったという証言はなかったんだよね」

勇者エリギオンと聖騎士カナリアがなにやら相談を始める。

「はい、村人たちから情報を収集しましたが、そのような証言を得ることはできませんでした」

「それって、魔王が転移陣を使って、ダンジョンに入ったと考えるべきなんじゃないかな？」

「確かに、その可能性は十分高いかと」

「よしっ、僕たちも転移陣を使ってダンジョンに入ろう。キスカくん、転移陣の場所まで案内してくれるかな？」

どうやら転移陣を使って中に入るという結論になったようだ。

「転移陣を使って、ダンジョンに入ったら、簡単には外に戻ることができなくなりますが、いいんですか？」

「大丈夫だよ。僕たち、こう見えて強いからね」

確かに、無用な心配だった。彼らは勇者とその一行だ。どんな冒険者よりも強い集団に違いない。

「では、案内しますね」

頷(うなず)いた俺は、彼らを転移陣のある場所へ案内する。

「この転移陣を使えば、ダンジョン奥地に行くことができるんだね」

「はい、そうです」

「それじゃあ、全員同時に転移陣の中に入ろうか」

勇者エリギオンの号令により、六人全員が同時に転移陣を踏んだ。瞬間、転移陣は目映(まばゆ)い光を放ち俺たちを包む。

次の瞬間には、俺たちはこの場から消(き)え失(う)せていた。

◆

「無事、ダンジョンの中に来られたみたいだな」

そう呟きつつ、周囲を観察する。ダンジョン特有の壁が視界に入る。ちゃんと【カタロフダンジョン】奥地のどこかに飛ばされたみたいだ。

「あれ？」

そう呟いたのにはわけがあった。

転移陣は六人全員で踏んだはず。なのに、周りには誰もいない。

どうやら俺は一人ぼっちになってしまったらしい。

◆

複数人で転移陣を踏めばどうなるのか？

てっきり複数人で転移陣を踏めば、全員同じ場所に飛ばされると思っていた。

というか、俺より経験豊富なはずの勇者一行たちが、全員バラバラの場所に飛ばされる可能性に思い至っていない時点で、複数人が転移陣を踏むと同じ場所に飛ばされるのが一般的なんだろう。

「まいったな……」

一人きりになってしまうとは予想外だ。

これから、どうしたものか。

「グルルッ」

唸り声が聞こえた。見ると、よだれを垂らした鎧ノ大熊が前方にいた。

「そうだよな」

イレギュラーなことがあったとはいえ、俺がやるべきことは今までと何も変わらないはず。

「目の前の敵を倒して、生きてここを出てやる」

そう、そのことは何も変わらないはずだ。

今の俺にはレベル3の〈剣術〉とレベル3の〈挑発〉、そして〈猛火の剣〉がある。

これだけの要素が揃っていれば、鎧ノ大熊なら難なく倒せる。

「問題は今いる場所がどこなのかわかっていないことだよな」

三体目の鎧ノ大熊を倒した俺はそんなことを呟く。

確か、初めて【カタロフダンジョン】に入ったときは、落とし穴にはまった先に鎧ノ大熊が大量にいる部屋に閉じ込められたんだっけ。その道順通り進めば、ダンジョンの深層に行けるはずだが、前回とは飛ばされた場所が大分違うようで、どこを歩いても見覚えがない光景ばかりだ。

「分かれ道だ」

道なりに歩いていたら、道が左右に分かれた場所にたどり着く。

右に行くべきか、左に行くべきか。

「まぁ、フィーリングで選ぶしかないだろう」

ということで、右に行く。どっちが正解かなんてわからないんだし、なんとなくで選ぶしかない。

そして、また歩き続ける。

途中、魔物何体かと遭遇して、そして――

「あっ」

落とし穴にひっかかる。見たことがある光景だ。

真下には、たくさんの槍(やり)があった。落とし穴を警戒しながら進んでいたおかげだろう。とっさに、体を空中でひるがえし、槍を避けることに成功する。

立ち上がると、視界の先には隠し通路が出現していた。

「確か、この隠し通路を進んだ先にスキルが手に入る部屋にたどり着くんだったよな」

そう、スキルが手に入る代わりに大量の鎧ノ大熊(バグベア)に襲われる部屋に。前回この部屋を攻略するために、どれほど死ぬ羽目になったか。確か、五百回近く死んでようやっと抜けることができたんだよな。

懐かしい、とか思いながら俺は進み続ける。

「この部屋だな」

部屋の中央には宝箱が置いてあった。

宝箱を開けると、宝石のようなアイテムと共に、メッセージが表示される。

◁◁◁◁◁◁◁◁◁◁◁◁◁◁

〈知恵の結晶〉を獲得しました。

効果が強制的に発動します。

▷▷▷▷▷▷▷▷▷▷▷▷▷▷

確か、数秒待っているとメッセージが切り替わるはず。そう思っていると、実際に切り替わった。

◁◁◁◁◁◁◁◁◁◁◁◁◁◁

以下のスキルから、獲得したいスキルを『一つ』選択してください。

Sランク

〈アイテムボックス〉〈回復力強化〉〈魔力回復力強化〉〈詠唱短縮〉〈加速〉〈隠密(おんみつ)〉

Aランク

〈治癒魔術〉〈結界魔術〉〈火系統魔術〉〈水系統魔術〉〈風系統魔術〉〈土系統魔術〉〈錬金術〉〈使役魔術〉〈記憶力強化〉

Bランク

〈剣術〉〈弓術〉〈斧(ふ)術〉〈槍(そう)術〉〈盾術〉〈体術〉〈ステータス偽装〉

Cランク

〈身体強化〉〈気配察知〉〈魔力生成〉〈火耐性〉〈水耐性〉〈風耐性〉〈土耐性〉〈毒耐性〉〈麻痺耐性〉〈呪い耐性〉

Dランク

〈鑑定〉〈挑発〉〈筋力強化〉〈耐久力強化〉〈敏捷強化〉〈体力強化〉〈視力強化〉〈聴覚強化〉

▷▷▷▷▷▷▷▷▷▷▷▷▷▷▷▷▷▷▷▷▷▷▷

ふむ、二回目だとスキルが手に入らないなんて展開も予想したが、そんなこともなく、新しいスキルが入手可能なようだ。だったら、遠慮せずスキルをもらおうか。

「何がいいかな……?」

やっぱSランクのスキルがいいよな。

前回は〈挑発〉を駆使して、この部屋を攻略したが、あのとき、他にスキルがなく武器も持っていないという絶望的な状況だったのだ。あのときに比べれば、今は恵まれている。

だから、どのスキルを選んでも問題はなさそうだが……。

「うん、〈加速〉にしようか」

最も戦力を強化できそうな〈加速〉を選択する。

◁◁◁◁◁◁◁◁◁◁◁◁◁◁◁◁◁◁◁◁◁◁◁

スキル〈加速〉を獲得しました。

▷▷▷▷▷▷▷▷▷▷▷▷▷▷▷▷▷▷▷▷▷▷▷

そのメッセージが表示された直後、扉が動き閉じ込められる。

「クゴォオオオオオオオオオッッッ！！！」

そして、魔法陣と共に鎧ノ大熊が唸り声をあげながら虚空より現れた。

その数、十体。全て経験済み。だから、驚くようなことは一切ない。

「やはり二回目ってのは、何事も簡単なんだな」

数十分後、俺の周りには斬り伏せられた鎧ノ大熊が倒れていた。戦いはあまりにもあっけないものだった。〈加速〉を手に入れた俺にとって、鎧ノ大熊は大した敵ではなかったらしい。

簡単すぎて、少し退屈だった。

◆

十体の鎧ノ大熊が出現する部屋を脱したところにいた。

ここから先のダンジョン構造に関してなら、ある程度わかっているため、迷うこともなく進むことができるはずだ。だから、目的地に向かって淡々と進んでいく。

と、そんな折、戦闘音が遠くから聞こえてきた。誰かが魔物と戦っているようだ。

様子が気になった俺は音のするほうへ急いで向かうことにした。

「やぁ、キスカくんじゃないか」

「あ、どうも」

ちょうど魔物と戦い終えたのは勇者エリギオンだった。

「まさか、全員とはぐれてしまうとは思わなかった。ひとまず、君と合流できてよかったよ」

勇者エリギオンがそう言う。やはり彼も他のパーティメンバーとはぐれてしまったらしい。

「それで、これからどうするつもりですか？」

「そうだね、他のみんなも心配だが、今は魔王を捜すほうが先決だ。案内してくれると助かるんだが」

「それは構いませんが」

ダンジョンを案内するのはもちろん構わない。だが、ダンジョンは広く、そして複雑だ。ダンジョンのどこに魔王が潜んでいるのか見当もつかない以上、どこから捜すべきだろうか。

「その、この階層には三つの転移陣がありまして、それぞれ別の場所に繋がっているので、どの転移陣を使えば、最も早く魔王に近づけるのかわかればいいんですが……。全てを手当たり次第捜すとなると、相当日数が掛かってしまうんですよね」

「……なるほど」

俺の説明を聞いた勇者エリギオンは顎に手を添えて考え事を始める。

「まぁ、でも、僕たちはのんびりダンジョンを探索していくしかないね」

あっけらかんとした表情で勇者エリギオンはそう言った。

「えっと、そんな悠長に探索していいんですか？　俺たちが探索している間に、魔王がこのダンジヨンを脱してしまう可能性とかあるのでは？」

「その心配は野暮だね」

と、勇者エリギオンは断言する。なぜ、そう断言できるのか、俺には見当もつかない。

「君は勇者がなんなのか知っているかい？」

「……いえ、知りません」

勇者がなんなのか、と問われてもそんなこと考えたことさえなかった。

「いいかい、勇者というのは魔王を倒す存在だ」

「はぁ」

「いいかい、よく聞きたまえ。魔王がいかに強大で、どんなに戦っても勝ち目がなかったとしよう。それでも、勇者はいずれ魔王に勝つんだよ。そこに理屈はない。なにせ、そういう宿命なんだからね。だから、勇者である僕は、このダンジョンで必ず魔王と戦うことになる」

自信過剰ともまた違う。勇者エリギオンの言葉は、盲信に近いような気がする。勇者が魔王に必ず勝つとどうして信じることができるんだろうか。

「それでも、勇者が魔王に負けたらどうなるんですか？」

「あり得ない仮定だ。だが、魔王が万が一にも勝った場合、世界は滅びる」

世界が滅びるという言葉を聞いて、背筋が凍る。

俺は百年後の世界から来た。アゲハを救うために来たが、それにより世界を救うことにも繋がる。

「魔王の目的が世界を滅ぼすことだからですか？」

「あぁ、そうだね」

俺がこの時代ですべきことがわかった気がする。魔王を倒しさえすれば、世界は救われる。

「あぁ、あと一つ、悠長に捜していても問題ない理由がある」

「なんでしょう？」

「実は神託があるんだ」

神託。神からのお告げのことだ。それを専門に扱う施設があり、そこで働いている神官に時折、神からのお告げがあると聞いたことがある。

「『【カタロフダンジョン】が最後の決戦の地になろう』というのが神託の内容だね」

「そうだったんですか」

思い返せば疑問だった。なぜ、魔王がこのダンジョンに逃げ込んだことを勇者たちは知っていたのか？　だが、そういう神託があったからと言われたら納得だ。

「ともかく、そういうことだから、ダンジョンの案内を頼むよ」

「わかりました」

それから俺たちはダンジョンを進んでいった。

三つの転移陣のうちどれを踏むか悩んだが、まずは一つ目の転移陣、以前踏んだときには封印されたアゲハがいた階層へと続く転移陣を踏むことにした。選んだ理由は、もしかしたらアゲハに会えるかもしれないと思ったからだ。

「やはり、いないか」

元の時間軸では、この場所に封印されたアゲハがいたが、そこには誰もいなかった。

一体、どこに行けば、アゲハに会えるんだろうな。

「いないって、なにが？」

「あぁ、えっと……」

勇者の質問にどう答えるべきか悩んでいたときだった。

それは唐突に現れた。

「随分と早いな」

低くしゃがれた声だった。何もなかったはずの空間に、それはいつの間にか立っていた。

「決着をつけに来たよ」

勇者エリギオンは笑う。

「威勢がいいのは嫌いだな、勇者よ」

そう言って、それは苦笑をする。それは、巨人のように大きく、人外の顔と筋骨隆々で赤黒い肌を持ち、ごつい甲冑を身につけ自分より大きな大剣を手に持っている。

「それじゃ決着をつけようか。魔王ゾーガ」


そう、目の前にいた存在こそが紛れもなく魔王だった。

◆

魔王ゾーガ。

人食い巨人(オーガ)の変異種と見なされている。大剣の使い手で、その力は竜すら一刀両断することができる。

ランクはマスター。序列第五位。

『アリアンヌの戦い』と呼ばれる対戦で魔王軍を率いて戦うも、致命的な敗北に喫する。それゆえに敗走し、【カタロフダンジョン】へと逃げ込んだ。

というのが、勇者エリギオンが語った魔王に関する情報だった。

そして、たった今、勇者と魔王は会敵したのだ。


勇者と魔王。

この両者の争いは、古来より何度も繰り広げられている。

もちろん時代によって、この二つの存在は代替わりをしている。百年後、俺の時代では、この時代の勇者と魔王による争いは『第四次勇魔戦争』と呼ばれてる。そう、勇者と魔王の戦争は、必ず勇魔戦争と呼ばれ、これが四回目というわけだ。

「それじゃあ、行くよ」

勇者エリギオンはそう言いながら、大剣を引き抜く。

ただの大剣ではない。勇者の持つ剣は、勇者にしか扱えないとされる伝説の剣らしい。

ガキンッ！　と、剣と剣がぶつかる音が聞こえた。見ると、魔王と勇者がそれぞれ剣と剣を打ち合っていた。

「え？」

困惑する。寸刻前まで、二人の間には、決して近くはない距離があった。まさか、一瞬のうちに二人は間合いを詰めたというのか。

「目で追うこともできない」

それから勇者と魔王はお互いに剣と剣を打ち付け合う。

けど、動きが速すぎて目で追うことも難しい。

さっきまで、少しでも勇者を援護できればと思っていた自分が愚かしい。この二人の戦いに自分が割って入るのは不可能だ。

「うん、どうやら先の戦いの怪我は治っているみたいだね。安心したよ。万全でない魔王を倒せなかったらどうしよう、と不安だったんだ」

「こざかしいぞ、小僧が。先の戦いで敗北したのは、俺が本気を出していなかったからだ」

「ふーん、そうなんだ。じゃあ、ウォーミングアップはそろそろ終わりでいいかな。これから、本気でいくからついてきてよね」

「言われなくてもわかってるわ！　クソがッ！」

え？　まだ、本気を出していなかったのか。二人の会話に驚きを隠せない。

「あ、キスカくん。そこにいたら危ないよ。死にたくないなら、もっと離れて」

「は、はい」

言われた通り、俺は全力で離れる。

次の瞬間、風圧で吹き飛ばされる。風圧の発生源は、勇者と魔王の剣戟だった。剣同士がぶつかっただけで、なんで風圧が発生するんだよ。

それからも勇者と魔王の死闘が続いた。

◆

勇者エリギオン。

ラスターナ王国の第一王子。

生まれつき、文武の才能に恵まれて、周りを圧倒していた。そんなエリギオンは、五年前、勇者を勇者たらしめるスキル〈勇者〉を獲得する。

それから五年間にわたる『第四次勇魔戦争』を戦ってきた。そして、今、魔王と決着をつけるべく戦っている。


勇者も魔王もランクはマスター。

対し、序列は魔王の五位に対し、勇者が七位。序列では負けているが、こちら側が有利であることには変わらない。なぜなら、勇者というのは魔王に絶対に勝つことできる存在だからだ。

「これでもくらえッ」

そう叫びながら、〈聖剣ハーゲンティア〉を振るう。

勇者エリギオンには、剣が上達するスキル〈剣術〉と大剣を片手で持てるようになるスキル〈怪力〉、この二つのスキルを合成して進化させた〈力任せな剣術（大剣）〉というスキルを持っている。

さらに、勇者には一定時間、身体能力を倍にする〈身体能力倍加〉と呼ばれる最強のスキルがある。これらを掛け合わせた勇者エリギオンから放たれる一撃はあまりにも重い。

「こざかしいわッ！」

渾身（こんしん）の一撃を魔王ゾーガの大剣に一蹴される。とはいえ、驚くことはないだろう。魔王なら、この程度防げないと手応えがなくて逆につまらない。

「じゃあ、これならどうかな？」

次の一撃のため、勇者は精神を研ぎ澄ませる。

「聖道式剣技（せいどうしきけんぎ）、十字型刺突（じゅうじがたしとつ）!!」

そう言って、勇者エリギオンは剣技を繰り出す。

技持ちと呼ばれる武器がこの世には存在する。その武器と契約することで、その武器特有の技を覚えることができるのだ。勇者エリギオンが手にしている〈聖剣ハーゲンティア〉も、そんな技持ちの武器の一つ。

技を放った勇者エリギオンからは十字型の光が放たれていた。その光に包まれたら最後、どんな生命でも駆逐される残酷な光。

まさに規格外の技。

だが、対する魔王ゾーガも規格外の存在だった。

「邪道式剣技（じゃどうしきけんぎ）、破戒（はかい）」

魔王ゾーガが持つ大剣、〈邪剣ニーズヘック〉から放たれる技によって、勇者エリギオンの技は受け止められる。魔王ゾーガから放たれた技はどんな光さえも呑（の）み込む深淵（しんえん）の闇だった。

魔王ゾーガの猛攻は止まらない。

「勇者ぁああ!!　これでも、くらえッッ!!」

勇者エリギオンの攻撃をいなした魔王ゾーガは、大剣を振りかざし、必殺技を繰り出そうとしていた。

「邪道式剣技、幽々たる斬撃」

魔王ゾーガの持つ〈邪剣ニーズヘック〉が黒い闇に包まれ巨大な剣へと変貌する。あまりの大きさからダンジョンの壁面を巻き込みながら、勇者エリギオンにとどめの一撃を放とうとする。

対して、勇者エリギオンはさきほどの技を放った反動なのか、反応が遅れていた。

このままでは、勇者は魔王によって葬られる。少なくとも、二人の戦いを遠くから見ていたキスカはそう思った。

「〈セーブ〉」

ふと、勇者エリギオンがそう呟いた。

その声はあまりにも小さく、少なくとも近くにいた魔王には聞こえなかった。だが、キスカは、勇者の口の動きを見て、確信とまではいかないものの、〈セーブ〉と言ったのではないかと思った。

次の瞬間、あり得ない事象が起きた。

「は……？」

想定外の現象にキスカは呆然とする。

それを端的に表現すると、勇者エリギオンが複数人に分裂したとでも表現すべきだろうか。

だが、事はそう単純ではないことをキスカは理解する。

「時間を何度も繰り返している」

それが、キスカの出した結論だった。

その結論に至れたのは、自分が〈セーブ&リセット〉というスキルを持っているから。

このスキルは勇者を名乗るアゲハからもらったスキルだ。

だったら、同じ勇者であるエリギオンが持っていてもなんら不思議ではない。

勇者エリギオンは何度も時間を繰り返して魔王に勝とうとしている。結果、キスカの目には勇者エリギオンが分裂したように見えているのだ。分裂したように見えるのは、他の時間軸の勇者エリギオンの残像が残っているからに違いない。

そして、恐らく何度も時間が繰り返していることに魔王ゾーガは気がついていない。

それから成功するまで、勇者エリギオンは何度も時間を繰り返していた。

そして、何百回と繰り返して、ついに勇者エリギオンは魔王ゾーガの胸に大剣を深く突き刺していた。

「ばかな……っ」

それが魔王の最期の言葉だった。

魔王が勇者の手によって討ち取られたのが誰の目にも明らかだった。

◆

「倒したのか……」

魔王ゾーガが血飛沫をあげながら崩れ落ちたのを見て、そう呟く。

「これで無事、世界を救うことができたようだね」

対して、勇者は達成感に満ちた顔をしていた。

「おめでとうございます」

「そんな、かしこまらなくてもいいんだよ。そうだ、キスカくんにはお礼を言わないとね。君がここまで案内してくれたから、魔王を倒すことできた」

「いえ、全て勇者様の手柄ですよ。俺は何もしていません」

そう紡いだ俺の言葉はどこか機械的だった。

勇者が魔王を倒した。

それは喜ばしいことだ。

なのに、なぜだ？　さっきから喉の奥に張り付いた違和感をどうしても拭えない。

結局、アゲハと会うことが叶わなかった。俺の予想では魔王が倒されるときにアゲハが現れると思っていたが、これはどういうことだ？

ただ、世界が滅亡する元凶となるはずの魔王が倒されたことは事実なわけで。

これで世界が救われたことに変わりはないはずだ。

◆

勇者が魔王を倒してからしばらくすると、続々と勇者一行たちが集まってきた。

「殿下！　大変申し訳ありません。大事なときにお傍にいることができなくて」

最初にやってきたのは、聖騎士カナリアだった。

それからさらに数時間後、

「おーっ！　こんなところにいたのか！　やっと見つけたぜーっ！」

「ふわぁーっ、やっと、会えましたーっ！　もう、死ぬかと思いましたよーっ！」

「…………」

ドワーフの戦士ゴルガノとエルフの賢者ニャウ、フードを被った男、暗殺者ノクの三人が一緒にやってきた。

ニャウは相当疲弊しているようで、さっきから足取りがフラフラしている。

聞いてみたところ、どうやら最初は全員バラバラの場所に飛ばされたらしいが、ダンジョンを探索しているうちに合流することができたらしい。

すでに、魔王を倒したことを告げると皆、驚愕した後、勇者エリギオンを褒め称えていた。

「よしっ、これで全員揃ったね」

勇者エリギオンがそう言う。

正直なところ、あまりにも複雑な【カタロフダンジョン】でこうして全員無事に合流できたのは奇跡と言っても過言ではないだろう。

「これから、外に出るためにダンジョンの攻略をするんですか？」

ここまで奥地に来てしまうと、ダンジョンを攻略しないと外に出ることはできないことを念頭に、そう口にする。

「いや、もっといい方法がある」

と言って、勇者エリギオンが親指を立てる。

「ふふんっ、いいですか。天才と呼ばれている賢者のニャウに感謝するんですよ！」

なぜか、賢者ニャウが胸を張っている。

「うざ」

「うわぁーん、この人、ニャウのこと見て悪口を言いましたよーっ!?」

あ、どうやら無意識のうちに暴言を吐いてしまったようだ。

「おい、そんなことで泣くな！」

「がははっ、賢者が聞いて呆(あき)れるな！」

聖騎士カナリアが叱咤(しった)し、戦士ゴルガノは豪快に笑う。

それに対し、賢者ニャウは「うーっ」と泣きべそをかいていた。本当にこれが天才と呼ばれている賢者なのか？

「悪いね、キスカくん。彼女の機嫌が悪くなると厄介だから、謝ってくれると助かるな」

申し訳ないとばかりに勇者エリギオンが俺に小声でそう告げる。

「そういうことなら……」

頷いた俺はニャウのほうを見て、謝罪する。

「その、悪かったな」

「こ、今度、ニャウのこと馬鹿にしたら許しませんからねっ」

「あぁ、肝に銘じておく」

「まぁ、許してあげますよ。ニャウは優しいですからねっ！」

見た目が幼い少女のくせして、どこか上から目線の物言いに苛(いら)つくが、今度は我慢して口には出さなかった。また機嫌を損ねられたら面倒だし。

「それで、ニャウさんは何ができるんですか？」

「ふふんっ、驚くなかれですよっ！」

そう言って、彼女は手に持った背丈ほど大きなロッドを上に掲げる。

「ニャウの名のもとに命じる。混沌(こんとん)より出(い)でし秩序。善悪の欠如。大地より先の煌(きら)めき。世界はまだ満ち足りぬ。欲するは胎動にあり。万事はいずれ塵(ちり)と化す。我は汝(なんじ)に命ずる。転移の魔術、第一階梯(かいてい)、〈帰還(リグレーソ)〉」

瞬間、ニャウを中心に大きな魔法陣が現れる。

それの正体が転移陣だとわかったときには、俺たち一行はダンジョンの外にいた。

「転移魔術か……」

聞いたことがある。世の中には、離れた場所に一瞬で移動する転移の魔術というのが存在すると。

だが、それを成し遂げることができる魔術師はほんの一握りしかいないとも。

もしかすると、このニャウという小娘は想像以上にすごい賢者なのかもしれない。

「ふふんっ、どうですか!?　これで、ニャウがどれほどすごい賢者か、わかったでしょう！」

隣にドヤ顔で勝ち誇っているニャウがいた。やっぱり、すごいという感情より、うざいという感情のほうが先行してしまうな。

とりあえず、腹いせにほっぺをつねるか。

「ふぎゃーっ！　なんか、この人、ニャウのほっぺをつねったんですけどーッ！」

と、賢者ニャウが周りに助けを求めようとするが、誰も賢者ニャウのことを気にも留めようとしなかった。めんどくさい、とか内心思われてそう。

「おぉ！　勇者様が、魔王を討伐なさったぞ！」

「あれは魔王の遺体か」

「うぉおおおお！　勇者様だっ！」

ダンジョンの外に出ると、勇者の存在に気がついた村人たちが群衆となって押し寄せてきたのだ。

傍らに魔王の遺体が横たわっていることに気がつく。

どうやら、魔王の遺体も転移陣でダンジョンの外に運んだらしかった。

確かに魔王の遺体がこんなふうに置かれていたら、俺たちが魔王を倒した勇者一行だと気づかれるのは当然のことだった。

そんな感じで、興奮した村人たちに俺たちは迎えられるのだった。

◆

「もう行ってしまうのかい？」

その後、村では魔王を倒したお祝いの宴が始まった。

みんな、お酒を飲んで騒いでいる中、俺は一人旅立つ準備をしていると、ふと、話しかけられる。

話しかけてきたのは勇者エリギオンだった。

「はい、俺にはやらなくてはいけないことがあるので」

「そうか。君には感謝しているんだ。だから、なにか困ったことがあれば、僕を頼ってほしいな」

「いえ、勇者様の手を煩わせるわけにはいきませんので」

農民出の俺が、勇者でしかもこの国の王子を頼るわけにはいかない。だから、やんわりと断る。

「そうか。君のすべきことが無事に達成されることを願っているよ」

勇者エリギオンが少しだけ悲しそうな顔をしているのは気のせいだろう。

ともかく、その言葉を最後に、俺はカタロフ村を旅立った。

目的は、ただ一つ。アゲハを捜すことだ。

◆

アゲハを捜すべくカタロフ村を出た俺は大きな都市に行って情報収集しようと考えた。

どうにか捻出したお金で、馬車を使ってはるばる来たわけだ。

王都ラーナ。

王都とつくように、ラスターナ王国の国王陛下が住まう街だ。ラスターナ王国で最も栄えている街で、交通の要所にもなっているため、多くの人が行き交う。

だから、情報収集にはうってつけだと考えたわけだが、

「街の様子がおかしいな」

俺は生まれてこの方、一度もカタロフ村を出たことがなかった。だから、大きな街というのは初

めて来たわけだが、それでも様子がおかしいのはわかってしまう。

みんな、はしゃいでいた。

外で飲み食いは当たり前、楽器を鳴らして踊ったりしている人もいる。まさにお祭り騒ぎというやつだ。

「よぉ、兄ちゃん！　お前もなんか食えよ！」

話しかけられる。俺よりも背が高くていかつい男の人が気安く俺の肩なんかを組んでくるのだ。

「ありがとうございます」

流されるままに食べ物を渡され、それからジョッキにお酒を注がれる。そして、「かんぱーい！」と言ってジョッキとジョッキをぶつける。なみなみに注がれたので、盛大に零(こぼ)れるが誰も気にしない。

「いやー、それにしてもめでたいなーっ！」

そう言って、男はお酒を遠慮なく飲み干す。

「あの……これはなんの騒ぎですか？」

「なんだ、お前知らないのか!?　勇者様がついに魔王を倒したんだよ。だから、俺たちはそれを祝って騒いでいるわけだ」

あぁ、なるほど、そういうことか。確かに、魔王が倒されたとなれば盛大に祝うのは当たり前か。にしても、街のみんながこの調子だと、情報収集なんて難しいかもしれないな。

「俺、見ましたよ。勇者と魔王の戦いを」

「なんだって!?」

周りにいた人たちが一斉に俺を見る。せっかくの機会だし、少しぐらいはめを外してもいいか。

「なにせ俺は、勇者様の案内役を務めた男ですから――」

そう言った俺の表情はさぞドヤ顔だったに違いない。

それから俺は、武勇伝のごとく勇者と魔王の戦いについて語った。話せば話すほど、俺の周りには人が集まり、皆、歓声をあげながら俺の話に聞き入った。

勇者が魔王を倒した瞬間まで語り終えると、みんなが「うぉおおお！」と大歓声をあげ、途中から話を聞いていた人が「もう一度、初めから話してくれ！」とお願いしてくる。

調子に乗った俺は同じ話をまた初めから話してやるのだ。

結果、俺は何度も勇者と魔王の戦いについて、聴衆に語るはめになったのだ。

語れば語るほど、どう話せばウケるのかコツもわかってくるので、喋(しゃべ)り方は工夫され、身振り手振りも交えて、内容は誇張されていく。

「勇者の必殺技を魔王はあっけなく防いでしまったのです。もう、勇者の敗北は決定的でした！　俺は諦め、もう神に祈ることしか、手は残されていなかったのです。けれど、勇者だけは諦めていなかった。その信念が奇跡を起こしたのです!!」

そう告げると、聴衆から歓声と悲鳴があがる。俺の周りには、それはそれは大勢の聴衆がいた。皆、俺の話に心酔しているのだ。

その上、興奮した人々は景気よく俺に硬貨を投げ渡してくれる。おかげで、けっこうな額を稼げた。

あぁ、意外と気持ちいいなこれ。

「おい、ここで勇者の風評をでっち上げている愚か者がいると通報を受けた！」

見ると、甲冑を身につけた兵士たちが近くにいた。

「やば……っ」

悪いことをしたという自覚はないが、いかせんやりすぎてしまうと、目をつけられるのが世の常だ。

「あの、違うんですよ、これは……」

喋りながら、なんとか言い訳を絞り出そうと頭を動かす。

「なんだ、キスカではないか」

ふと、名前を呼ばれたので顔を上げると見知った顔がそこにはあった。やってきた兵士は聖騎士カナリアだったのだ。

えっと、君たちはカタロフ村に残っていたはずでは？　どうやら先に村を出た俺よりも先に王都に着いていたらしい。まあ、王都に来る道中、いくつもの馬車を乗り継いだせいで、余計に時間がかかってしまった。こんなことなら勇者エリギオンにお願いして、王都まで連れていってもらったほうがよかったな。

「こんなところで何をやっているんだ？」

「勇者様の伝説をみんなに広める活動をしていました」

そう、これは勇者のために行ったことであって、いわば慈善活動のようなものだ。だから、誰にも咎められるようなことではないはずだ。

「まぁ、貴様が殿下の戦いを見ていたのは本当だしな。決して、嘘を広めているというわけではなさそうだ」

「えっと、ならば、活動しても問題ないと」

「そうだな。勇者の伝説が大衆に広がることは、国家に利益をもたらすことだからな。貴様の活動を認めよう」

「ありがとうございます！」

これで、俺の活動は国家公認となったわけだ。これからさらに大々的に活動することが――いや、待てよ。

自分の目的を見失うな。

俺の目的は、アゲハを捜すことだ。こんなことに時間を割いている場合ではなかった。

「そういえば、勇者エリギオン様は今なにをなさっているんですか？」

世間話とばかりに話しかける。聖騎士カナリアがこうして王都にいるわけだし、勇者エリギオンも同じく王都に帰っているのではないかと推測したわけだが。

「あの、カナリアさん？」

だが、彼女は俺から視線を外しては遠くを眺めていた。まるで、俺の言葉が耳に入っていないように。

「……ドラゴン」

そして、ぼそっと彼女は口にした。

ドラゴン……？　一体なんのことを言って――、

「「ゴォオオオオオオオオオオオオオオオオオオオッッッ！！！！」」

地響きのような轟音が聞こえた。

とっさに振り返る。

「――あ？」

目の前の光景を見て唖然としてしまった。


ドラゴンがいた。

ドラゴンとは、数いる魔物の中でも最も凶悪な存在と知られている魔物だ。危険度はSランクと高く、倒すのは非常に困難なことで知られている。

その最強の魔物、ドラゴンがいた。

そのドラゴンが一匹、上空に現れただけならば、俺はここまで驚くことはなかった。ドラゴンが一匹ぐらい街に侵入してしまうのは、珍しいとはいえ、絶対にないとは言い切れない。

そう、上空に現れたドラゴンは一匹だけではなかった。

では、何匹なのか？

答えは数え切れないくらいだ。空がドラゴンで埋まってしまうぐらい、たくさんいたのだ。

さっきまで晴れていたのに、ドラゴンの群れが日差しを遮ったせいで、曇り空のように薄暗くなってしまった。

「おい、なんだあれは⁉」

「ドラゴンが群れで襲ってきたぞ！」

パニックに陥った民衆たちの声が聞こえてくる。

本来、ドラゴンはプライドが高い魔物として知られており、群れで行動することを嫌う傾向にある。なのに、まるで軍隊でも形成しているかのようにドラゴンたちは行動を共にしていた。

「カナリアさん!?」

とっさに彼女の名を叫ぶ。

彼女は聖騎士で近衛兵だ。彼女なら、この状況を脱する手立てを持っているのではないだろうか?

「……あれ？　いない」


さっきまでカナリアさんがいた場所を見るも、もうそこに彼女の姿はなかった。

「早く逃げるぞ！」

「おい、押すんじゃねぇぞッ！」

「ふざけんな！　てめぇこそ、押すなよ！」

「ママーッ！　どこー!?」

さっきまでお祭り状態だった街中は一変した。誰もが襲いかかってきたドラゴンから逃げ延びようと走り出す。誰もが一目散に逃げようとするせいで、押した押されたの小競り合いが始まる。

そして、ドラゴンが一匹、地面に着地した。

着地するだけで地面が揺れ、建物は倒壊し、人々は押し潰される。

一匹また一匹と、次々とドラゴンが地面に着地する。

そのたびに、人々は死んでいく。

あるドラゴンは黒炎を放って人々を焼き尽くし、あるドラゴンは逃げ惑う人々を爪で持ち上げては大顎の中に頬張(ほおば)る。

あちこちで人が残虐に殺されていく。悲鳴やら慟哭(どうこく)があちこちから聞こえてくる。

中には武装して戦おうとした者もいた。が、そういう者から死んでいった。

城壁の門はドラゴンが立ち塞がって、次々と人を大顎で噛(か)み砕いていく。

あぁ、また目の前で人が殺された。


人々が住まう都市は戦場と化した。いや、戦場とも違うか。処刑場のほうが近いかもしれない。人々はなんの抵抗もできずにただ無残に殺されていく。

ぐちゃぐちゃぐちゃぐちゃぐちゃぐちゃぐちゃぐちゃぐちゃぐちゃぐちゃぐちゃぐちゃぐちゃぐちゃぐちゃぐちゃ、と音を奏でるように人が踏み潰される音が聞こえてくる。

気がつけば、死体の山が積み上げられていく。

「あ……あぁ」

そんな中、俺は、ただその場でうずくまっていることしかできなかった。俺が今更、何かしたところで事態が変わるわけではない。

目の前で繰り広げられている暴力はそれだけ圧倒的だった。

世界は滅亡する。

それを変えるために、俺は百年後からやってきた。その自覚が俺にあったかというと、なかったが、ともかく観測者は俺にそう言って、俺を送り出した。

そのせいか、俺には世界が滅亡するということがどういうことなのか、ずっとよくわかっていなかった。

けど、それを今、俺は自覚させられた。

「これを俺が変えるのか……？」

一体どうやって？　俺一人が何かしたところで、この未来を変えられるのか？

「無理だろ」

これは、俺の手に負える問題ではない。そう結論づけたとき、俺の心が折れる音が聞こえた。

「こんなの無理に決まっているだろ……‼」

そう叫びながら俺は闇雲に走っていた。いつ、ドラゴンに殺されたっていい。むしろ俺を殺してくれ！

そうやって走って走って――ドンッ、と誰かにぶつかった。

最初は、柱にでもぶつかったのかと思った。それほど、それは柱のようにずっしりと大きく質量があった。けど、よく見たら、表情があって、口が動いていた。

「ふむ、どうやら順調のようだな」

「あ……？」

何が起こっている？

なんで死んだはずの魔王ゾーガが目の前にいるんだ？　そう、柱だと思ったのは魔王ゾーガだった。

「なんで、いるんだよ……？」

魔王に対してそう尋ねる。

「あん？」

振り返った魔王は俺のことに目もくれず、まるで足下にいる蟻を踏み潰すかのように、大剣を振り下ろした。

「あ――」

とっさに腕を使って庇うが、その腕ごと体を斬られる。

気がつけば死んでいた。

◆

「はっ」

覚醒した俺は息を吐く。

どこだ、ここ？

まずは自分がどこにいるのか把握すべきだ。見ると、無骨な壁面に囲われている。【カタロフダンジョン】の中にいるんだ。

あぁ、思い出した。

勇者たちと一緒に転移陣を踏んだ直後、ダンジョンの中に一人っきりになってしまったところだ。

どうやら、そこまで死に戻りしたようだ。

第三章　苦難の始まり

死に戻りした俺は、さっきまで繰り広げられた光景を思い出して、目眩を覚える。

このまま何もしなければ、あの災厄がまた繰り返されるんだ。だから、なんとしてでも阻止しなければならないが、何をすればいいんだ？

無数のドラゴンが王都ラーナに降り立つ光景を思い出す。ドラゴンは本来、個々で活動するが、なぜかあのときのドラゴンたちは統率が取れていた。

恐らく、魔王ゾーガがドラゴンたちを指揮していたに違いない。魔王は、魔物たちを従える力を持っていると聞いたことがある。

「魔王復活を阻止さえすれば、未曾有の災厄を防ぐことができるのか？」

なぜか、王都ラーナに勇者に殺されたはずの魔王ゾーガがいた。どうしてそんなことが起こりうるのか、俺には想像もつかないが、復活を阻止する手立てはあるんじゃないだろうか。

例えば、復活には魔王の遺体が必要だと仮定すれば、その遺体を守っていれば、阻止できるような気がする。

方針が固まってきたな。

ひとまず、最速で勇者エリギオンに合流して、勇者エリギオンに魔王を倒してもらおう。

◆

その後、俺は前回の時間軸での俺の行動をなぞるように動いた。

落とし穴にひっかかっては真下の槍（やり）を回避して、そこから続く隠し部屋に入る。隠し部屋にある宝箱でスキル〈加速〉を手に入れて、現れる鎧ノ大熊（バグベア）たちを倒す。その後、勇者エリギオンと合流してからは、彼を魔王ゾーガのいる場所へと案内する。

それから、魔王と勇者の決闘を傍観する。

今回も前回同様、勇者エリギオンが戦いを制した。


ちゃんと死んでいるな。

胸を斬り裂かれた魔王ゾーガの死体を確認していた。心臓の音も聞こえなければ、息もしていない。実は生きていた、ということはなさそうだ。

「キスカくん、浮かない顔をしているね？　何か不安でもあるのかな？」

ふと、勇者エリギオンに話しかけられる。どうやら不安が顔に出てしまっていたようだ。

「魔王が復活しないか不安で、遺体を確認していました」

ここは、正直に言っても問題ないだろう思い、そう口にする。

「あはは っ、復活だなんて、キスカくんは心配性なんだね」

笑われる。俺としては、復活した魔王をこの目で見てしまっているため、冗談を言っていないのだが、かといって本当のことを言っても信じてもらえないだろうし。

「まぁ、そんなに不安に思うんだったら、遺体を燃やせばいい」

「燃やしてもかまわないんですか？」

「といっても、殺した証拠は欲しいから、頭だけは持ち帰らせてもらうけどね」

そう言いながら、勇者エリギオンは魔王の首を剣で斬りつけて、頭と胴体を切り離す。

確かに、死んだ人の遺体は火葬するのが一般的だ。土葬にしてしまうと、まれにアンデッドとして復活してしまうことがあるから。だから、燃やしてしまえば安心な気もする。

「えっと、魔石はあったかな……。あ、ちょうど切らしていたな。キスカくんは魔石を持っているかい？」

「俺も持っていないですね」

魔石があれば火を熾(おこ)すことができるが、あいにく持ち合わせはないようだ。

「そうだ、魔石を手に入れられる場所に心当たりがあるので、少しだけこの場を離れてもいいですか？」

「あぁ、うん、いいよ。気をつけてね」

「はい、気をつけます」

それから俺はダンジョンを駆け足で移動する。

魔石は魔物を倒せば入手可能だから、手頃な魔物がいればいいんだが。いや、そういえば、この辺りに吸血鬼ユーディートが造った隠れ家あったはずだ。隠れ家には、魔石が貯蔵されていた。魔物を倒すよりも、貯蔵されている魔石を拝借したほうが楽だよな。

待てよ、隠れ家があったのは百年後の俺が生きていた時代で、この時代にある保証はどこにもない。ただ、吸血鬼ユーディートは不死身だし、百年前の時点ですでにこのダンジョンを根城にしていてもおかしくはないんだよな。

ともかく、確認だけでもしてみるか。確か、この辺りの壁を叩けば、通路が出現するはずだ。

あった。

中に入ってみると、ベッドやソファが置かれていた。それらが人為的に配置されたのは明らか。

つまり、この時代の時点で、吸血鬼ユーディートはこのダンジョンを根城に活動しているというわけだ。もしかたら、このダンジョンのどこかに吸血鬼ユーディートはいるのかもしれない。

吸血鬼ユーディートに内心お礼を言いつつ、必要な分だけ魔石を調達する。

それから、俺は勇者エリギオンがいる場所に戻った。

「早かったね」

両手に魔石を抱えて持って帰ると勇者エリギオンにそう言われる。

「偶然たくさん手に入れることができましたので」

そう言いつつ、勇者エリギオンの隣に立っていた人物に目をやる。

聖騎士カナリアだ。

どうやら、俺が魔石を取りに行っている間に、合流したらしい。

「カナリアさん、お疲れ様です」

「ふん、貴様のほうが先に殿下と合流したのだな」

そんな会話をしつつ、魔王の遺体を焼く準備をする。

「なにをなさっているんですか？」

「魔王が復活しないように、念のため遺体を焼くんだって」

「……ふむ、頭は持ち帰るんですよね」

「あぁ、もちろん」

「なら、問題はありませんね」

聖騎士カナリアの疑問に勇者エリギオンが答えてくれた。

それから、魔石を使って火を熾し、その火で魔王の遺体を焼いた。

「おーっ！　こんなところにいたのか！　やっと見つけたぜーっ！」

「ふわぁーっ、やっと、会えましたーっ！　もう、死ぬかと思いましたよーっ！」

「………………」

ドワーフの戦士ゴルガノとエルフの賢者ニャウ、フードを被った男、暗殺者ノクの三人がやってきた頃には、魔王の遺体は骨だけになった。

それから、前回の時間軸同様、賢者ニャウの転移魔術でダンジョンの外へと戻った。

戻った俺たちを待っていたのは、カタロフ村の人々により盛大な歓迎だった。食べ物や踊りが振る舞われる。

みんなの気が緩んでいる中、俺だけはずっと気を張っていた。

魔王の首は柱にくくられて村の中心に置かれて、晒し者にされている。

俺は、それをずっと観察していた。この首がここにある限り、魔王は復活しないはずだ。

「やぁ、キスカくん、調子はどうだい？」

勇者エリギオンに話しかけられる。

「なんだか元気がないようだけど？」

どうやら気を張っていることがバレてしまったらしい。

「いや、魔王が復活しないか不安で……」

「あっははっ、キスカくんはホント心配性だね」

「そうかもしれないですね」

頷（うなず）くと、勇者エリギオンは俺の隣に座った。

「そういえば、君が捜しているアゲハという人物は君とどういう関係なんだい？」

そう問いかけられる。勇者エリギオンにとっては、話題の一つでも提供したつもりなんだろう。

勇者エリギオンに会ったばかりの頃、アゲハのことを尋ねたんだったな。彼はアゲハという名に全く心当たりはなかったようだが。

「そうですね。アゲハは俺にとって大切な人です」

「家族とかなのかい？」

「いや、家族ではありません」

「だったら、恋人かい？」

恋人ではないが、かといって、俺とアゲハの関係性を語るいい言葉が思いつかないな。

アゲハとなんの関係性もないけれど、俺はただ彼女を助けたいと考えているだけだからな。

「まぁ、そんなところです」

恋人ではないが、否定したところで説明するのが面倒だと思ってしまった俺は、肯定することにした。

「そうか。もし、彼女と出会うことがあったら、君に必ず伝えるよ」

「ありがとうございます。そうしていただけると助かります」

そうお礼を言いつつ、考える。

アゲハは一体どこにいるんだろうか？　アゲハは勇者だから、魔王を討伐するべく動いていると思っていたが、こうして魔王を討伐してもアゲハが現れる気配が一切ない。

早くアゲハに会いたい。だから、アゲハを今すぐにも捜しに行きたい気持ちはあるが、今はそれよりも魔王復活を阻止することのほうが優先だ。

「そういえば、勇者様はこの後、どうされるんですか？」

「あぁ、今日はこの村に一泊して、それから明日の早朝、王都に向かうよ」

そうか、やはり勇者も王都に行くのか。ならば、前の時間軸でドラゴンたちが街を襲うのを勇者も目撃したんだろうな。

「魔王の首はどうするんですか？」

「あぁ、もちろん持って帰るよ」

「俺もご一緒することは可能でしょうか？」

魔王の首から目を離したくない。ならば、勇者と行動を共にするしかない。難しい相談だろうが、なんとかして説得しないとな。

「うん、いいよ」

「え？　いいんですか！」

まさか、あっさり了承されるとは思わず驚く。

「君は魔王討伐に貢献した英雄の一人だ。そんな人間を丁重に扱うのは当然のことだろう」

「あ、ありがとうございます！」

思わず頭を下げる。それを見た勇者エリギオンは笑っていた。

◆

翌日、勇者エリギオンとその一行は王都に向けて出発するべく馬車に乗り込んだ。他の面々も同行するようで、二つの馬車に分かれて乗ることになった。

俺が希望したことで、勇者と同じ馬車に乗ることができた。聖騎士カタリナはそのことに不服を申し出たが勇者エリギオンが受け入れてくれたのだ。俺が本当に近くにいたかったのは、勇者エリギオンでなく魔王の首だが、結果的に、魔王の首と同じ馬車に乗ることができたので良しとしよう。

というわけで、一組目の馬車には、俺と勇者エリギオン、聖騎士カナリアの三名。

もう一組には、ドワーフの戦士ゴルガノとエルフの賢者ニャウ、そして、フードの男、暗殺者ノクが乗り込む。

そして、馬車は出発した。

「王都に着けば、皆、殿下を盛大に歓迎するでしょうね」

ふと、聖騎士カナリアがそんなことを口にする。

「そうだと嬉しいね」

「ええ、今頃、王都では魔王を倒したということでお祭り騒ぎになっていることでしょう。王都に着けば、凱旋式をやらなくてはですね」

「凱旋式か。照れるな。カナリアも凱旋式に参加してくれるかい？」

「殿下がそれをお望みになるならば」

向かいに座っている二人はそんな会話をしていた。

「キスカくん、君も凱旋式で一緒に歩いてくれるかい？」

「え、えっと、いいんですか？」

「言っただろ。君も魔王討伐に貢献した英雄だ。参加する権利はあるはずだよ」

まさか俺も一緒に参加することになるとは夢にも思わず、驚いてしまう。なんて答えるべきなのかわからない俺は、戸惑いの視線をカナリアに向ける。

それを察したのか、彼女はこう答えた。

「殿下のご提案だ。快く引き受けるのが礼儀だろう」

なるほど、そういうものなのか。

「わかりました。参加させていただきます」

そう答えることにした。

それからも馬車の中での会話は続いた。

俺の隣の席には、丁重に置かれた魔王の首が置いてある。魔王が復活する気配もないし、この調子で何も起こらなければいいのだが。

ガタンッ、馬車が停止した。

急停止だったため、馬車は大きく揺れた。

「なにかあったんですかね？」

ふと、そんなことを呟く。

「そうだね。確認したほうがよさそうだね」

勇者エリギオンの提案もあり、早速俺は扉を開けて、御者に呼びかける。

「あの、大丈夫ですかー！」

御者に聞こえるように、俺はできる限り大きな声を出した。

グシャッ、と何かが潰れる音が聞こえた。

なんの音か疑問に思った俺は振り返る。

ビシャッ、と液体が盛大に飛び散り顔に大きくかかった。

なんだろう？　と思いながら、俺は手でそれを拭う。

赤かった。

手が真っ赤な液体で染まっていた。

「……は？」

真っ赤なそれが血だとわかるのに数秒ほど時間を要した。

「あははっ、ついに、殺せた。殺せた殺せた殺せた殺せた殺せたぁ！　殺せたぁ‼」

笑い声と共に呪文を唱えるような独り言が聞こえてくる。

叫んでいたのは聖騎士カナリアだった。

「は……？」

何が起きているのか理解ができない。目の前には、歪んだ眼差しで笑っている聖騎士カナリアとぐったりとしている勇者エリギオンがいる。

よく見ると、勇者の首には短剣が突き刺さっていた。

カナリアが勇者を殺したということなんだろうが、その事実を認めることに拒否感を覚えてしまう。

わからない。

なんで聖騎士カナリアが勇者を殺すのか？　その理由がまったくもって見当がつかない。

「なんで……？」

だから、そう呟いていた。

なぜ、殺したのか。納得できる答えが欲しかった。

「なぜ、ですか……。邪魔なんですよ。勇者のことが」

ヘラッ、と口の両端を引き上げるようにして笑いながら答えた。

「あぁ、そうだ。目撃者は消さないといけませんね」

彼女は俺のことを睨み付けながら、剣の鞘を握りしめる。

まずい……、このままだと殺される。

彼女が剣を振り回すと同時、〈猛火の剣〉で斬撃を受け止める。が、勢いまでは殺すことができなかったせいで、そのまま俺の体は馬車の外に投げ出される。

まだ事態を把握できないが、一つだけ確かなことがあった。このまま抵抗しなければ、聖騎士カナリアに殺される。

「何があったんですかーッ!!」

異変に気がついたんだろう。もう一台の馬車からニャウが顔を出していた。

「来るなッ！」

来たら、カナリアに殺されると思った俺は、そう叫んだ。

数秒後には、カナリアが俺を殺すために馬車から飛び出してくるに違いない。だから、神経を集中させながら剣を強く握りしめる。

落ち着け、落ち着け、精神を落ち着かせろ。瞬(まばた)きをするな。いつ、聖騎士カナリアが殺しにかかってきても、対応できるようにしろ。

静かに待つ。心臓と呼吸の音が鼓膜から聞こえてくる。


……あれ？　来ないぞ。

てっきり、すぐ馬車から飛び出してくると思って、こうして待ち構えているのに、カナリアが出てくる気配がない。どういうことだ？　カナリアは馬車の中で何をしているんだ？

「火の魔術、第四階梯(かいてい)、〈焦熱焔(フエゴトリオ)〉」

見ると、ニャウが魔法陣と共に火の柱を放射させていた。

なんで？　何に対して、魔術を使った？　そう思考を巡らせながら、炎の先を見る。

「ギャオオオオッ!!」

叫び声？

その叫び声の正体はドラゴンだった。

ドラゴンが馬車の行き先を塞ぐように鎮座していた。こんなにも目立つ存在だというのに、聖騎士カナリアにばかり意識が向いていたせいで、その存在に全く気がつけなかった。

なぜドラゴンがこんなところに？　理由はわからないが、馬車が停止した理由がドラゴンだってことはわかる。

ともかく、敵は聖騎士カナリアだけではない。ドラゴンも相手にしなくてはならない。

勝てるのか……？

そんな不安がよぎるが、今は戦うことだけに集中するしかない。

ガタッ、と馬車がわずかに揺れた。あぁ、恐らく数秒後には、聖騎士カナリアが飛び出してくるはずだ。

神経を張り巡らせる。

「なるほど、こいつを殺せばいいのか」

唖然(あぜん)とする。

というのも、馬車から飛び出してきたのは聖騎士カナリアではなかった。

大剣を握った魔王ゾーガその人だった。

「は……？」

唖然とした言葉を出したときには、俺の体は大剣によって斬り伏せられていた。

◆

「はっ」

覚醒する。

さっき大剣で斬られた箇所を手で触っては、傷がないことを確かめて死に戻りしたんだと安心する。

「つまり、どういうことだ……？」

頭が混乱する。

聖騎士カナリアが勇者エリギオンを殺した。

突発的に殺したのではなく、言動から察するに計画的に殺したに違いない。恐らく、馬車の中で勇者を殺せる隙をずっと窺(うかが)ってたんじゃないだろうか。

そして、死んだはずの魔王ゾーガが馬車の中から出てきた。

馬車の中で何が起きていたのかはわからない。だが、一つ確かなことは聖騎士カナリアが魔王ゾーガを復活させた。

だから、聖騎士カナリアは裏切り者だ。

とはいえ、そのことを知れたのは大きな収穫だ。わずかに光明が見えたかもしれない。もしかしたら、魔王ゾーガの復活を防ぐことができるかもしれない。

◆

「おい、何を勝手なことをやっているんだッ!!」

怒気をはらんで叫んだ勇者エリギオンに俺は襟首を掴まれていた。

「勝手なことをして申し訳ありません。ですが、魔王復活を阻止するには必要なことでした」

勇者が魔王を倒すまで、俺は前回の時間軸と同じ行動をした。

それから俺は勇者の意に反して勝手なことをさせてもらった。

魔王の遺体を首ごと燃やしたのだ。

「魔王の遺体は、魔王を倒した重要な証拠だ。それを燃やすことがどういうことなのか、わかっているのか？」

俺の襟首を掴みながら、勇者エリギオンはそう告げる。前回の時間軸では、勇者エリギオンは魔王の首以外なら燃やしてもかまわないと言った。魔王の首さえあれば、討伐した証拠になるからと。けど、首を残した結果、魔王ゾーガは復活してしまった。ならば、首ごと燃やすしかない。

「魔王が復活してしまえば、勇者様の努力は全て水の泡となります。どうか、ご理解ください」

「魔王が復活するなんてあり得ないだろ。民を心から安心させるためにも、魔王の首が必要だというのに……っ」

勇者は舌打ちをしながら、ガシガシと乱暴に頭をかく。正直、俺としては魔王の復活を阻止できるなら、勇者の反感をいくら買おうが別にかまわない。

それから、前回の時間軸同様、聖騎士カナリアがやってきた。

聖騎士カナリアは燃やされた魔王の遺体を見て、

「なるほど、随分と勝手なことをしたようですね」

と、苦言を呈する。

内心はどう思っているんだろうか？　魔王の復活を阻止されたと激怒してくれると、俺としてはありがたいんだが。もし、遺体を燃やしても魔王の復活に支障がなかったら最悪だ。

前者であることを心から願おう。

◆

それから、他のメンバーと合流した俺たちはニャウの魔法陣でダンジョンの外へ帰還した。

魔王の遺体を燃やしても骨は残る。遺骨でも最低限の証拠になるだろうということで、それを持ち帰ることになった。

それからカタロフ村にて、宴（うたげ）が始まった。けれど、魔王の遺体がないせいだろうか、前回の時間軸よりは、宴の様子が控えめだったような気がする。

そんな中、俺はずっとある可能性を考えていた。

遺骨があるだけでも魔王は復活できるんじゃないだろうか。燃えている遺体を見た聖騎士カナリアの顔は怒ってはいたが、絶望しているようには見えなかった。

あの顔は、遺体が燃えたところで魔王復活に支障はないと確信している顔なんじゃないだろうか。考えれば考えるほど、そんな気がしてくる。

かくなる上は、行動に移すしかないんだろう。


真夜中。村中の人々が寝静まった頃、俺は一人起き出して行動を開始した。

「これだな」

俺が手にしたのは魔王の遺骨が入っている木箱だ。

木箱は不用心にも村の中央の目立つところに置かれていたので、盗むのは容易だった。不用心に置かれていたのは、魔王の遺骨を盗むやつなんていない、と思っているからだろう。

一応、中に遺骨が入っていることを確認する。

その木箱を持って、俺は村から逃げ出すことにした。

「はぁー、はぁー、はぁー、はぁー」

ここまで来れば安心だろう、ってところで俺は立ち止まる。全力で走ったせいで、息は荒い。

それから俺は木箱の中から遺骨を取り出しては、剣の柄頭(つかがしら)を使って粉々に砕く作業に入る。骨を砕く作業は非常に時間がかかった。どれだけ砕いても、復活を阻止するには足りないような気がするせいだ。

だから、満足に砕き終わった頃には、日が昇っていた。

「流石(さすが)に、これだけ砕けば大丈夫だろう」

粉状に細かくなった遺骨を見て、そう口にする。

それらを近くにあった池の中へ撒く。

「あとは、魔王が復活しないことを祈るだけだな」

やれることはやったはずだ。魔王の遺体を焼いた上、残った骨を細かく砕いて池に撒いたのだ。

これ以上の最善手はないはずだ。


バサッ、と羽音が聞こえた。突風が俺を包み込む。

上を仰ぐと、ドラゴンが上空から着地しようしていた。

「ふむ、随分とおかしなことをするやつがいたもんだな」

聞いたことのある声だった。その者はドラゴンの背中から俺の前に降り立つ。

「カナリア……ッ!!」

俺は、目の前にいる者の名を叫んだ。

どうして、俺のいる場所がわかったんだろう？　そんな疑問が湧く。とはいえ、すでに遺骨は散骨済みだ。取り返しに来たなら、もう遅い。

「お前の企みはすべてわかっているんだ」

「ふんっ、企みとは一体なんのことだ？」

「魔王を復活させようとしているんだろう」

「――ッ！　な、なぜ、それを……!?」

指摘した途端、聖騎士カナリアは目を見開いて後ずさった。

ざまぁない。どうやら、相当動揺してくれたようだ。

「だが、残念だったな！　お前の企みは潰させもらった！　もう、魔王の遺骨はどこにもない！　どうだ、これで復活させることはできないだろ！」

すでに、俺は勝ちを確信していた。これで魔王の復活は阻止できたのだ。

「驚いたな。こんなところに伏兵がいたとは」

聖騎士カナリアはそう告げながら、懐からある物を取り出した。それは輝きを放つ宝石がはめ込まれた指輪だった。

「これは我が主が作った世界に一つしかない指輪だ。この指輪の力、それは蘇生だ」

そう口にした途端、彼女が手にした指輪が光り始めたと思ったら、パリンッと音を立てて自壊した。

「ふぅ、おっと、これはどういう状況だ？」

真後ろから声が聞こえる。

まさかこの声の主は……？

そんな、馬鹿な……ッ。そう思いながら、俺は後ろを振り向く。

「蘇生させるのに遺体が必要だと貴様は考えたようだが、残念ながらそれは間違っている。だから、貴様の企みは全て無駄だったというわけだ」

聖騎士カナリアは滔々と語る。それはあまりにも都合が悪い事実だった。

「それで、俺は何をすればいいんだ？」

「その者を殺めてください」

魔王の問いに、聖騎士カナリアは頭を下げてお願いする。

「なるほど、了解した」

ニッ、と魔王は口の端をつり上げるようにして笑った。それとほぼ同時、魔王の拳が俺を襲った。

「アガッ」

呻き声をあげる。俺の体は勢いよく吹き飛ばされ、途中にあった木々をなぎ倒していく。

「ガハ……ッ、アッ」

殴られた俺はその場で咳き込む。そのたびに、口から血を吐いた。

「なんだ、まだ生きてやがる」

そう言いながら魔王は俺の頭を無造作に持ち上げる。もう抵抗できる力が残っていなかった。

そして、岩に叩きつけられた。

当然のように、俺の意識は暗転した。

◆

目を開けると、やはりダンジョンの中にいた。

「…………」

何もやる気が起きなかった俺は、しばらくボーッと時間を過ごしていた。

あれだけ必死に魔王の遺体を燃やして粉々に砕いたのに、なんの意味もなかった。

とはいえ、落ち込んでもいられない。収穫は確かにあった。

まず、指輪の存在を知れたことは大きい。

あの指輪を聖騎士カナリアから奪いさえすれば、魔王ゾーガの復活を阻止できる可能性が高い。

そうと決まれば、動かないとな。

まずは、聖騎士カナリアがどこにいるか探そう。

方針を決めた俺は鎧ノ大熊(バグベア)が多数出現する部屋まで直行し、スキル〈加速〉を獲得する。

前回なら、ここから勇者エリギオンがいる場所まで移動した。今回は勇者エリギオンと遭遇しないように探索する。都合良く聖騎士カナリアが見つかってくれればいいんだが。

「見つけた……」

思わずそう呟く。

眼前には、聖騎士カナリアがいた。勇者エリギオンがいるところよりも上の階層、近くには金色の無人鎧(ゴールデン・リビングアーマー)の部屋があったはずだ。

その辺りで、聖騎士カナリアが一人で探索しているところを見つける。

殺すつもりで襲いかかろう。

そう決めた俺は、飛び出して〈猛火の剣〉を振るう。

ガキンッ、と金属音が響き渡る。聖騎士カナリアが持つ剣で受け止められた。

くそっ、不意打ちは失敗か。

「貴様、これはどういうつもりだ？」

鋭い眼光で彼女は睨み付けてくる。

「襲われる心当たりならあるはずだ」

話している余裕がない俺はそう答えると、攻撃を再開する。

「ふんっ、愚問だったな。貴様を一目見たときから、気に入らないやつだと思っていたが、私の感覚はどうやら間違っていなかったようだ」

お前が言うな、と内心毒づく。魔王に加担する裏切り者のくせに。

それから聖騎士カナリアとの戦いが始まる。

「どうした？　さっきから攻撃が生ぬるいぞ」

戦いは防戦一方だった。

理由は単純で、聖騎士カナリアのほうが力が強く、動きが俊敏だったからだ。

攻撃を剣で防ぐたびに、俺の体は後ろに仰け反り、隙が生まれる。こんな調子では、防戦一方になるのは当たり前だ。

「うるせぇ」

言葉を吐き捨てながら、額の汗を拭う。まだ、俺には手が残っている。

「〈加速〉」

さっきに手に入れたばかりのスキル〈加速〉。このスキルを使えば、一定時間動きが速くなる。

「な……ッ」

一瞬で俺を見て、聖騎士カナリアが驚愕する。

どうだ？　この攻撃を受ければ、お前でもひとたまりもないはずだ。

ガッ、と殴打された音が聞こえた。

その音は真後ろからだった。

「あ……？」

気がつけば、俺の体があらぬ方向へと折れ曲がっていた。

誰かが俺の後ろから不意打ちをした。そのことを把握した頃には、俺の体は壁に激突する。

一体、誰が……？

そう思いながら、俺は顔を上げる。

「カナリア、無事だったかい？」

「殿下、お手を煩わせて申し訳ありません。私がふがいないばかりに……」

「カナリア、こういうときは別に謝る必要はないんだよ」

聖騎士カナリアと話していた人物、それは勇者エリギオンだった。

あぁ、そうか。今まで、俺は勇者エリギオンを魔王ゾーガのいる場所まで案内していた。

それをしなかったせいで、彼はここまでやってきたのか。

そのことに気がついたときには、俺は意識を失っていた。

◆

「失敗だったな」

死に戻りした俺はそう呟く。

勇者エリギオンを放置して、聖騎士カナリアを襲ったのは明らかに失敗だった。勇者エリギオンにとって、聖騎士カナリアは信頼できる仲間で俺はさっき出会ったばかりの信用ならない人物だ。

その二人が戦っていた場合、勇者エリギオンがどちらに加担するかは火を見るより明らかだ。

同じ失敗をしないように、まず勇者エリギオンを魔王ゾーガのいる場所まで誘導。勇者と魔王が戦っている間に、聖騎士カナリアを狙う、というふうに丁寧に手順を踏む必要がありそうだ。

だから、勇者エリギオンに関しては簡単に対処可能だ。

問題は、俺の力で聖騎士カナリアに勝てるか否か。

戦ってみた感触としては、俺よりも聖騎士カナリアのほうが強いのは確かだ。俺のランクはプラチナで聖騎士カナリアのランクは一つ上のダイヤモンドということからも、そのことがわかる。

とはいえ、諦めるのは早計だ。

なにせ、俺には〈セーブ&リセット〉がある。勝てるまで何度も繰り返せばいい。

◆

聖騎士カナリアに挑むこと、試行回数二回目。

まず勇者エリギオンを魔王ゾーガにいる場所まで送り届ける。

「決着をつけに来たよ」

魔王ゾーガを見つけた勇者エリギオンは嬉しそうにそう口にする。

それから二人の戦いが始まるのを見届けた俺は、急いで来た道を戻る。これで勇者エリギオンに邪魔されず聖騎士カナリアを襲うことができるようになる。

「貴様、これはどういうつもりだ?」

怒鳴る聖騎士カナリアに対し、俺は問答無用で斬りかかる。

「お前が裏切り者だということを俺は知っているんだよ」

なんてことを叫びながら。

その後、何度か攻撃を繰り返した後、俺は聖騎士カナリアに斬り殺された。

今回は、敗北のようだ。とはいえ、最初から成功するなんてこっちも思っていない。

俺の戦いは、まだ始まったばかりだ。

◆

試行回数三回目、聖騎士カナリアの突き刺しにより心臓が潰れ死亡。

試行回数四回目、振り下ろされた剣による脳の激しい損傷で死亡。

試行回数五回目、剣を叩き落とされた後、首を刺されて死亡。

試行回数六回目、足を斬られ動けなくなったところ首を斬り落とされ死亡。

試行回数七回目、開戦直後に心臓を刺されて死亡。

試行回数八回目、眼球を突き刺された後、胸を斬られて死亡。

試行回数九回目、善戦するも脇腹を刺されたことによる出血多量により死亡。

試行回数十回目、死亡。

死亡、

死亡、死亡………。

再び俺は聖騎士カナリアに挑もうと歩き始める。

◆

すでに、何回死んだかよく覚えていない。

多分、百回は聖騎士カナリアに殺されたんじゃないだろうか。

ただ、繰り返せば繰り返すほど、惜しい戦いも増えてきた。あと何回か繰り返せば、必ず倒せるはずだ。


向かいから聖騎士カナリアが歩いてくる。彼女はまだ俺の存在に気がついていない。

だったら、やることは一つだ。

まずは、挨拶代わりの不意打ち。

「な——ッ！」

突然現れた俺に聖騎士カナリアは驚愕する。

かまわず俺は〈猛火の剣〉を振るう。

狙うは膝。ゆえに、俺は低い姿勢で剣を横に薙ぐ。

狙い通り彼女はバランスを崩す。

が、油断してはいけない。すかさず、彼女は剣を縦に振るうことを俺は知っている。なにせ、俺は百何回とお前と戦ってきたのだから。

横に大きくステップしてからの縦に回転斬り。肩のこの位置に甲冑の隙間があることを俺は知っている。その隙間に剣先を入れるには、どのように動けばいいのかもだ。

「あがっ」

彼女が呻き声をあげながら、後ろに仰け反る。これだ！　今までで一番大きな隙だ。この隙を逃してはいけない。

「〈加速〉」

スキルを使って、瞬間、俺の速度を速くする。この速さを活かして、彼女の右腕を斬り落とす。

グシャッ、と右腕が握っていた剣ごと床に落下する。

やった……！　内心、俺は喜ぶ。

右腕を失った剣士なんて戦えないも同然だ。これで俺の勝ちは確定した。

「貴様ァアアアアアアアアアアアアアアッッッッ!!」

聖騎士カナリアは喉が潰れてもかまわんとばかりに叫んだ。

その表情には、血管が浮き出ており、どうしようもなく怒っていることが容易にわかる。

「ざまぁねぇな」

対して、俺は余裕の笑みを浮かべていた。怒ったところで、この状況が逆転するわけがないのに。

「やれ、傀儡回し」

そう、普通なら逆転するはずがなかった。

「……は？」

なくなった右腕から黒い影のような物体が生えていた。その黒い影は大きく膨れ上がり、巨大な顎へと変化した。

「食べていいぞ」

聖騎士カナリアは淡々と命じる。

次の瞬間、俺は傀儡回しに食べられていた。

◆

「マジかよ……」

死ぬのには慣れている。

けど、傀儡回しに殺されたとなっては流石に動揺を隠しきれない。

「なんで、カナリアが傀儡回しを……？」

わからない。だが、現に傀儡回しを操っているところを見せつけられた。

そもそも聖騎士カナリアは何者なんだ？　なんで、勇者を裏切るんだ？　もしかしたら、聖騎士カナリアを調べれば、傀儡回しを人間にするヒントを得られるのかもしれない。

次は、彼女のことを少し探ってみてもいいのかもしれない。

そう決意した俺は、淡々と彼女のもとへ向かうのだった。

◆

「最初に再会するのが貴様とはな」

聖騎士カナリアは俺の姿を確認すると不満そうにそう口にする。

「貴様はこのダンジョンに詳しいんだろ？　だったら、私を案内してくれ」

彼女と雑談をするつもりはない。

だから、早速こう口にすることにした。

「取り繕うのはやめろ。お前が魔王の配下なのを俺は知っているんだ」

「――――ッ」

微かに聖騎士カナリアは顔をしかめる。

だが、すぐに真顔に戻して主張する。

「なにふざけたことを言ってるんだ。私は殿下に忠誠を誓った身だ。そんなはずがあるわけないだろ」

まだ誤魔化すつもりか。

まぁ、いい。俺は他にもたくさんの秘密を知っているんだよ。

「蘇生させることができる指輪。寄生剣傀儡回し。お前の秘密なら、すでに知っているんだ」

「…………」

彼女は俺の言葉聞くと、目を大きく見開いて呆けた表情する。

「くっひっ、ふっはっはははははぁ」

すると、今度は不気味な笑い声をあげた。

「なんで、貴様ごときが私の秘密を知っているんだ……？」

聖騎士カナリアの不気味な笑みに、ゾクッ、と背筋が凍る。今まで見たことがない聖騎士カナリアの素顔だ。もしかすると、この姿こそ彼女の本性なのかもしれない。

「俺の質問に答えろ、カナリア。寄生剣傀儡回しをどうしてお前が持っている？」

「主様からもらったからだ」

そういえば、蘇生させる指輪も主からもらったと言っていたことをふと、思い出す。

「主というのは、魔王のことか？」

彼女の主が魔王だというのは、当然の帰結だった。なにせ彼女は魔王を復活させるために暗躍し、勇者を殺すんだから。

「我が主を侮辱するなッッ!!」

突然の怒鳴り声だった。あまりにも突然すぎて困惑する。

「いいか、我が主は魔王よりも崇高な存在だぞ！　魔王と比べることすら、おこがましい」

聖騎士カナリアの言葉を整理する。つまり、彼女の主は魔王でない誰か？　どういうことだ？

「お前は何者なんだ？」

「そうだな、一つだけ教えてやろう。『混沌主義』、それが我々を意味する唯一の言葉で、私は信奉者の一人といったところか」

「その『混沌主義』というのは組織の名か？」

「まぁ、そんなところだな」

そう答えるや否や、彼女は寄生剣傀儡回しを展開する。どうやら、これ以上話すつもりはないらしい。

傀儡回しの攻撃になんとか抵抗するも、その抵抗虚しく俺は死んでしまった。

◆

どうやら聖騎士カナリアは『混沌主義』という組織に属しているらしい。

その組織のトップは魔王ではないらしい。そして、その組織のトップが寄生剣傀儡回しを聖騎士カナリアに渡した。

これらが会話でわかったことだ。

これ以上のことを聞き出そうと何度か試してみたが、結果、失敗に終わった。肝心なことは教えてはくれないようだ。

とはいえ、俺のやることは変わらない。まず、聖騎士カナリアを倒して、魔王の復活を阻止する。

その先に、アゲハや傀儡回しがいるはずだ。

そう決意した俺は再び前に進んだ。

試行回数百五十回目。
何度も死んでいくうちに、聖騎士カナリアの対策が徐々にわかってくる。
まず、鎧ノ大熊(バグベア)が多数いる部屋で獲得すべきスキルの精査。俺は今まで〈加速〉を選んでいたが、この選択が本当に最善なのか、今一度考えてみることにした。

死に戻りした直後の俺のステータスはこうなっている。

◁◁◁◁◁◁◁◁◁◁◁◁◁◁◁◁◁◁◁◁

所持スキルポイント：２４３０

〈セーブ&リセット〉

レベルの概念なし

〈挑発Ｌｖ３〉

レベルアップに必要な残りスキルポイント：１０００

〈剣術Ｌｖ３〉

レベルアップに必要な残りスキルポイント：３０００

〈誓約〉

レベルの概念なし

▷▷▷▷▷▷▷▷▷▷▷▷▷▷▷▷▷▷▷▷

着目すべきは、残っている所持スキルポイント、２４３０と意外と残っている。
【カタロフダンジョン】のボス、大百足(ルモアハーズ)をアゲハと一緒に倒したおかげで、スキルポイントがこれだけ貯(た)まったのだろう。
〈加速〉を選んだ場合はこのように表示される。

◁◁◁◁◁◁◁◁◁◁◁◁◁◁◁◁

〈加速Lv1〉

レベルアップに必要な残りスキルポイント：50

▷▷▷▷▷▷▷▷▷▷▷▷▷▷▷▷

スキルポイントを50消費してレベルを上げる。

◁◁◁◁◁◁◁◁◁◁◁◁◁◁◁◁

〈加速Lv2〉

レベルアップに必要な残りスキルポイント：５００

▷▷▷▷▷▷▷▷▷▷▷▷▷▷▷▷

まだスキルポイントが残っているので、５００ポイントを消費する。

すると、今度はこのように変化する。

◁◁◁◁◁◁◁◁◁◁◁◁◁
〈加速Lv3〉
レベルアップに必要な残りスキルポイント：5000
▷▷▷▷▷▷▷▷▷▷▷▷▷

流石に5000ポイントは残ってないので、レベル3で打ち止めだ。

この状況で、何度も聖騎士カナリアに挑んだが惜しいところまではいくが、寄生剣傀儡回(くぐつまわ)しを使われると決まって負けてしまう。

そこで俺は改めて〈加速〉以外の選択肢を考えてみることにした。

手に入るスキルの一覧はこのようになっている。

◁◁◁◁◁◁◁◁◁◁◁◁◁
以下のスキルから、獲得したいスキルを『一つ』選択してください。
Sランク
〈アイテムボックス〉〈回復力強化〉〈魔力回復力強化〉〈詠唱短縮〉〈加速〉〈隠密(おんみつ)〉
Aランク
〈治癒魔術〉〈結界魔術〉〈火系統魔術〉〈水系統魔術〉〈風系統魔術〉〈土系統魔術〉〈錬金術〉〈使

役魔術〉〈記憶力強化〉

Bランク

〈剣術〉〈弓術〉〈斧術〉〈槍術〉〈盾術〉〈体術〉〈ステータス偽装〉

Cランク

〈身体強化〉〈気配察知〉〈魔力生成〉〈火耐性〉〈水耐性〉〈風耐性〉〈土耐性〉〈毒耐性〉〈麻痺耐性〉
〈呪い耐性〉

Dランク

〈鑑定〉〈挑発〉〈筋力強化〉〈耐久力強化〉〈敏捷強化〉〈体力強化〉〈視力強化〉〈聴覚強化〉

▷▷▷▷▷▷▷▷▷▷▷▷▷▷▷

魔術系統のスキルは〈魔力生成〉というスキルが必須なため、却下。二つスキルが手に入るなら、〈魔力生成〉となんらかの魔術系統のスキルという選択肢もあるんだが。あとは、〈記憶力強化〉といった戦闘力に関与しなそうなスキルも却下だ。

となると、おのずと選ぶべきスキルは絞られていく。

候補は〈回復力強化〉〈隠密〉〈身体強化〉〈筋力強化〉〈敏捷強化〉〈体力強化〉といったところだな。

さて、どれを選ぶべきか……？

「まぁ、全部やってみるか」

なにせ俺には〈セーブ&リセット〉がある。失敗すれば、死んでやり直せばいい。

◆

〈回復力強化〉を選んだ場合。

550スキルポイント消費して、レベル3まで上げることができた。傷の治りが早くなるため、長期戦に強くなったが、傀儡回し(くぐつまわ)相手だと一撃で死んでしまうため、あまり意味はなかった。

◆

〈隠密〉を選んだ場合。

このスキルも550スキルポイント消費して、レベル3まで上げることが可能だった。途中、遭遇する魔物に見つからず行動できるため、道中は楽だったが、聖騎士カナリアには普通に気づかれたので、あまり意味はなかった。

◆

〈身体強化〉を選んだ場合。

220スキルポイントを消費して、レベル3まで上げる。先のスキルと違って、たった220ポイントで済んだ。恐らく、スキルのレア度が低いほど、レベルアップに必要なスキルポイントが低いのだろう。

「あれ？　意外と戦いやすい」

ふと、道中の魔物と戦っているとそんな感想を持った。〈加速〉を選んだときは素早く動くことで敵を倒すことができたが、その分の体力の消費が激しく、技を連発することができなかった。対して、〈身体強化〉はあらゆる身体能力が強化されたようで、非常に戦いやすくなった。

まぁ、聖騎士カナリアには負けたが。ただ、〈身体強化〉がこれほど戦いやすいことを知れたのは大きな収穫だった。

◆

〈筋力強化〉を選んだ場合。

◁◁◁◁◁◁◁◁◁◁◁◁◁◁◁◁◁

合成の条件が揃いました。

▷▷▷▷▷▷▷▷▷▷▷▷▷▷▷▷▷

宝箱の前で〈筋力強化〉を選んだ瞬間、予想外のメッセージが表示されたので、俺は驚く。

◁◁◁◁◁◁◁◁◁◁◁◁◁◁◁◁◁◁◁◁

〈剣術〉＋〈筋力強化〉▼〈剣術（大剣）〉

合成に必要なスキルポイント：610ポイント

▷▷▷▷▷▷▷▷▷▷▷▷▷▷▷▷▷▷▷▷

というメッセージが現れて、俺はようやっと合成の意味を理解した。

どうやら二つのスキルを一つにすることができるらしい。

スキルを一つにするメリットはなんだろう？　例えば、一人が持つことができるスキルは五つまでと決まっているが、合成すれば、所持できるスキルの枠が新しくできるというメリットがあるか。

まぁ、デメリットはなさそうだし試しにやってみよう。

というわけで、早速必要なスキルポイントを消費して、新しいスキル〈剣術（大剣）〉を獲得する。

「あれ？　圧倒的に動きやすいな」

合成スキル獲得後の鎧ノ大熊（バグベア）たちと戦ってみて、そんな感触を得た。

てっきり〈剣術（大剣）〉というだけあって、大剣を持っていないと効果を得ることはできないかと思ったが、そんなことはなかった。というのも、持っている剣が異様に軽く感じるのだ。

今まで選んできた他のスキルよりも、圧倒的に戦いやすい気がする。

その後の聖騎士カナリアには負けてしまったが。

◆

〈耐久力強化〉を選んだ場合。

◁◁◁◁◁◁◁◁◁◁◁◁◁◁◁◁◁◁◁◁

合成の条件が揃いました。

〈剣術〉＋〈挑発〉＋〈耐久力強化〉▼〈騎士の技能〉

合成に必要なスキルポイント：1010ポイント

▷▷▷▷▷▷▷▷▷▷▷▷▷▷▷▷▷▷▷▷

どうやら〈耐久力強化〉を選んだ場合、〈騎士の技能〉というまた新しいスキルに変化するようだ。

なんとなく〈剣術（大剣）〉よりも強そうだし、もしかしたらこれが最適解かもしれない。

「あれ？　思ったよりも戦いづらいな」

鎧ノ大熊(バグベア)たちと戦ってみて、そんな感触を覚える。

どうしてだろう？　と考えてみて、その答えにたどり着く。

動きが鈍いのだ。

思い返せば、騎士というのは全身に重たい甲冑を身につけているので、動くのが大変なイメージがある。今の俺は甲冑なんてものを身につけてはいないが、やはり体がどことなく重たい気がする。

俺は今まで、いかに俊敏に動いて敵の攻撃を回避するかを意識して戦ってきた。防具を身につけていない俺にとって、一撃が致命傷だったせいだ。なのに、スキル〈騎士の技能〉を選んだせいで、そういった戦い方と正反対の戦い方を強いられるようになった。

〈騎士の技能〉は〈耐久力〉が著しくあがるから決して弱いスキルではないんだが、いかんせん俺には合っていなかった。

そんな調子では勝てるはずもなく、当然のように俺は聖騎士カナリアに負けた。

〈敏捷強化〉を選んだ場合。

◁◁◁◁◁◁◁◁◁◁◁◁◁◁◁◁◁◁

合成の条件が揃いました。

〈剣術〉＋〈挑発〉＋〈敏捷強化〉▼〈シーフの技能〉

合成に必要なスキルポイント：１０１０ポイント

▷▷▷▷▷▷▷▷▷▷▷▷▷▷▷▷▷▷

ふむ、どうやらまた合成して新しいスキルを手に入れることができるらしい。

〈シーフの技能〉か。あまり強そうには思えないが、まぁ、試してみるか。

そんなわけで俺はスキルを合成して〈シーフの技能〉を手に入れ、宝箱を開けると出現する多数の鎧ノ大熊（バグベア）と相対する。

変化はすぐに訪れた。まず、大きな変化として、〈猛火の剣〉が重たいと感じたのだ。

確か、シーフは短剣のようなリーチの短い武器で主に戦う役職だったはず。だから、短剣ではない〈猛火の剣〉と相性が合わないのだろう。

とはいえ、多少、動きが制限されるだけで、戦えないってほどではない。


もう一つの変化は、鎧ノ大熊（バグベア）が襲いかかってきてわかった。

「動きがよく見えるな」

スキル〈加速〉を手に入れたときも同じことを感じたが、そのときと同じくらい動体視力が上がった気がする。

鎧ノ大熊（バグベア）の襲いかかってくる軌道が、次にどんな動きをするのか、手に取るようにわかるのだ。

だから、容易に攻撃を回避して、敵の急所を狙って刃物を突き刺すことができる。

気がつけば、全ての鎧ノ大熊（バグベア）を斬り伏せていた。

「うん、今までで一番手応えがある」

もしかしたら、これなら聖騎士カナリアを倒すことができるかもしれない。

◆

スキル〈シーフの技能〉を獲得し、多数いる鎧ノ大熊(バグベア)を突破した後、俺は勇者エリギオンのいる場所まで、ダンジョンを駆け抜けていた。

「やぁ、キスカくんじゃないか」

俺を見つけた勇者エリギオンは快活そうな表情を浮かべる。

「勇者様、魔王のいる場所まで案内します」

「魔王がどこにいるのか知っているのかい？」

「はい、見当はついています」

「ほ、本当かい!?　早速、案内してくれよ」

それから俺は勇者エリギオンを魔王ゾーガのいる場所まで案内した。

「魔王ゾーガ、決着をつけに来たよ」

「ふんっ、うるせぇ、小僧が！　言われずとも、貴様を殺す準備はできている！」

二人が戦い始めたのを見届けた俺は、来た道を戻り聖騎士カナリアのいる場所まで向かった。

こうして、勇者エリギオンを魔王のいる場所まで案内しておかないと、聖騎士カナリアと戦っている最中に、勇者エリギオンが割り込まれ彼に殺されてしまう。

これで、聖騎士カナリアとの戦いに集中できる。

「初めに見つけた人間がまさか、お前だとはな」

俺のことを見つけた聖騎士カナリアは不満そうな表情でそう口にする。

彼女と戦い始めてから、俺は何回死んだのだろうか。具体的な数は覚えてないが、恐らく百三十回ってところだろう。

うん、コンディションはこれ以上ないというぐらい良好だ。それだけ、新しいスキル〈シーフの技能〉が体に馴染んでいた。目を閉じれば、今まで聖騎士カナリアと戦った記憶が脳裏に浮かぶ。

彼女の戦い方の癖は嫌というほど、わかっている。

この時間軸で、彼女に絶対に勝つ自信が俺にはあった。

「カナリアさんが無事でよかったです」

俺に敵意があることを彼女に悟られるな。全力の笑顔で彼女のことを見ろ。

騙せ。

「実は勇者様とはすでに合流していまして」

「ほ、本当か!?」

勇者の名を出すと、聖騎士カナリアはわずかに高揚した表情を見せた。勇者を殺すことを企んでいる人間が、なぜ勇者の無事を喜ぶのか俺にはまったくもって理解できなかった。

「はい。それでは勇者様がいるところまで案内しますね」

「あぁ、頼む」

そう言いながら、彼女は俺に近づいてくる。

一歩、二歩、と彼女は歩を進める。三歩、四歩、五歩……。この距離まで近づけば十分だろう。

「おい、どうしたんだ？」

一向に歩き始めない俺のことを彼女は不審そうに眺める。

「いえ、実は待っていたんです」

そう、俺は待っていた。

確実に、彼女を斬ることができる距離まで近づいてくるのを待っていた——。

コンマ数秒後。

〈猛火の剣〉の柄を握った俺は、鞘から剣を引き抜く。

「——ッ！」

突然、敵意を向けた俺に対し、彼女は驚きながら、剣を握りしめる。

しかし、すでに俺の刃は彼女の首を今まさに斬ろうとしていた。

ビュ——ッ、と血が辺りに飛び散る。

聖騎士カナリアがどういったスキルを持っているのか、俺にはわからない。だが、彼女が聖騎士という役職である以上、耐久力がある程度強化されているに違いない。

耐久力が強化されている人間は、攻撃を受けても致命傷になりづらいという特徴がある。

首という人間にとって致命的な弱点部位を攻撃したにもかかわらず彼女はまだ息をしていた。

「貴様ァアアアアアアアアアアアアアアッッ!!」

彼女は激昂しながら剣を勢いよく振り下ろす。

剣で受け止めた俺は勢いを受け流そうとするも叶わず、真後ろに吹き飛ばされる。

「おい、これはどういうつもりだ……っ？」

彼女は怒っているように見える半面、その実、冷静に対処している。

というのも、彼女はこっそりと首に手を当てながら治癒魔術を施していたからだ。俺を攻撃で吹き飛ばしたのも、今、こうして話しかけているのも回復するまでの時間稼ぎに違いない。

だったら、当然やることは一つ。

今すぐ、追い打ちをかけよう。

「なぁ、カナリア」

俺は余裕の笑みを浮かべて話しかける。

「な、なんだ……？」

彼女は眉をひそめて俺のことを見ていた。もしかしたら、俺のことを不気味に感じてくれているのかもしれない。

「お前が所属している『混沌主義』の主は、なんで魔王なんかに協力するんだ？　まるで魔王の配下みたいだな」

「き、貴様……、我が主を侮辱したな……ッ！」

よしっ、〈挑発〉の成功だ。

〈挑発〉はスキルの合成により、〈シーフの技能〉に組み込まれたが、使うことは可能だ。

恐らく、彼女の主とやらを侮辱すれば、怒ってくれると思ったが、どうやら当たりらしい。

その証拠に、彼女は途中だった治癒魔術をやめた上、握っていた剣を投げ捨て、

「〈黒の太刀(たち)〉」

と、口にした。

〈黒の太刀〉は、寄生剣傀儡回しの形態の一つだ。どうやら、最初から全力を出してくれるらしい。

「殺す……ッ!!」

そう叫びながら、彼女は〈黒の太刀〉を握って突撃してきた。

だが、〈挑発〉のおかげで彼女の攻撃はあまりにも杜撰だ。だから、攻撃を避けるのは容易い。

「あが……ッ」

彼女は呻き声を漏らした。攻撃を避けた俺が、彼女の脇腹を剣で斬りつけていたのだ。

もちろん追撃も忘れない。俺は何度も彼女に対し、斬りかかった。

それから俺は彼女の攻撃を避けては攻撃を当てる作業をひたすら繰り返した。すでに、彼女の攻撃パターンは読み切っている。だから、彼女の攻撃が当たる可能性は万に一つもあり得ない。

「これで、詰みだ」

そう言いながら、倒れている彼女の脚を剣で突き刺す。

瞬間、勝ちを確信した。聖騎士カナリアは歯ぎしりしながら俺のことを睨み付ける。しかし、もう彼女が立ち上がることはできない。

「あった。これが指輪だな」

彼女の首にかかっていたペンダントを引っ張ると、魔王を復活させるのに必要な指輪がかかっていた。

「貴様、それは……ッ」

彼女が焦った表情を浮かべながら手を伸ばす。その手を俺は払いのける。

「悪いが、この指輪は俺がもらう」

これで、魔王の復活を阻止することができた。

そして、世界は救われたのだ。

「おい、これは一体どういう状況だ？」

第三者の声だった。振り向くと、そこにいたのは斧(おの)を担いだドワーフの戦士ゴルガノだった。

勇者エリギオンを魔王ゾーガのいる場所まで誘導しなかったせいで、戦いに介入された結果、勇者エリギオンに殺された光景がフラッシュバックする。

まずいな……。

俺はついさっき、出会ったばかりの新参者だ。だから、俺は聖騎士カナリアに比べて信頼度が低い。俺と聖騎士カナリアが敵対しているこの状況、普通に考えたら、聖騎士カナリアを助ける可能性が高い。

せっかく指輪を奪えたんだ。なんとかして、この状況を脱することはできないだろうか。

「この男に〈混沌の指輪〉を奪われた！」

聖騎士カナリアがそう叫んだ。

〈混沌の指輪〉……？　俺が彼女から奪ったこの指輪のことか？

「なるほど、状況は理解した」

戦士ゴルガノはそう言って、俺に冷たい視線を投げかける。

待て……？　なんで、戦士ゴルガノはこの指輪のことを知っているんだ？

「ふっはははは、いいか、ゴルガノも私の仲間だ！　私を倒して勝ったつもりでいたんだろうが、残念だったな！」

「黙れ、カナリア」

カナリアの笑い声を戦士ゴルガノが制する。カナリアはというと、息を止めてとっさに笑うのをやめていた。

マジかよ……。どうやら、もう一人裏切り者がいたらしい。

「あんたも『混沌主義』の一味なのか？」

俺の質問に戦士ゴルガノは肯定も否定もせず、ただ、こう口にした。

「寄生鎌狂言回し」

瞬間、黒くて巨大な鎌が姿を現した。

その鎌はあちこちに眼球や顎が生えている武器と呼ぶには明らか不自然な形態をしていた。

「わーい、戦いだー！」

「やったー、戦いだー！」

「ねー、こいつを食べていいのー？」

鎌から生えた顎はそれぞれ声を発する。


寄生鎌狂言回しだと……？

寄生剣傀儡回しの仲間みたいなものだろうか？　聖騎士カナリアの仲間なら、同じ寄生する武器を持っていても不思議ではないのか。

「まいったねー、その指輪を盗られるのは非常に困るんだよ。俺たちの計画に支障が出る」

「その計画っていうのは、魔王を復活させることか？」

「……色々と知りすぎだな。少し、気をつけたほうがいいか」

そう言いながら、戦士ゴルガノは寄生鎌狂言回し(きょうげんまわし)を手に取る。やはり、戦うしかないようだ。

聖騎士カナリアと戦ったせいで、体力は大分奪われてしまったが、まだ戦えないことはない。十分勝てる見込みはある。

「狂言回し(きょうげんまわし)、最初から本気で行くぞ」

「はーい」

「わかったー、ご主人」

「えー、本気だしたらつまんないよー」

「うるせぇ、言うことを聞け、狂言回し(きょうげんまわし)」

戦士ゴルガノと狂言回し(きょうげんまわし)は独特な掛け合いをした後、ゴルガノがこう口にした。

「〈強靭な三つ顎(アジ・ダハーカ)〉」

瞬間、狂言回し(きょうげんまわし)が三つの頭を持つ異形へと変化した。思い出したのは寄生剣傀儡回し(くぐつまわし)の三つ目の形態、〈残忍な捕食者(プレデター)〉。目の前の異形は〈残忍な捕食者(プレデター)〉によく似ている。

「あ――？」

吹き飛ばされてから気がつく。寄生鎌狂言回し(きょうげんまわし)が大きな触手を伸ばして攻撃をしてきたのだ。

その攻撃を知覚することさえできなかった。

気がつけば、俺は地面に盛大に転がっていた。

「こいつ、弱いねー」

「とっても弱い」

「大したことないねー」

見上げると、寄生鎌狂言回しから複数の顎が生えて喋っていた。

「おい、あまり無駄口を叩くな」

戦士ゴルガノがそう言うと、狂言回しは、

「はーい」

「気をつけまーす」

と、返事をする。

その奇怪な光景に俺は目を奪われていた。


これに勝たなくてはいけないのか……？

どうしても不安がこみ上げてくる。だからといって、立ち止まってはいけない。そう自分を奮い立たせて、俺は剣を手に立ち向かう。

「あむっ」

ふと、そんな声が近くで聞こえた。

それが寄生鎌狂言回しの発した声だと気がついたときには、すでに俺の右腕が剣ごと食べられていた。

「あがぁあああッッ！」

あまりの激痛に絶叫する。

なにが起きたんだ……？　失った右腕から噴き出る血を見ながら、呆然（ぼうぜん）とする。

「ねーねー、おいしいー？」

「んー、とっても硬いー、なんでだろう？　剣も一緒に食べたからかなー？」

「いいなぉ、僕も食べたいなぁ」

寄生鎌狂言回し（きょうげんまわし）が三つの口を使って、楽しそうに会話をしている。

「それじゃ、残りも食べちゃおっかなー」

そう言って、寄生鎌狂言回し（きょうげんまわし）は俺に近づいてくる。

「や、やめてくれ……」

すでに、俺は戦意喪失していた。なにせ、武器を右手ごと失ったのだ。もう、勝ち目なんてない。

きっと、俺はこの後、残虐に殺されるに違いない。

「いただきまーす！」

寄生鎌狂言回し（きょうげんまわし）が大きな口を開け、鋭い牙を見せびらかす。

「やめろ、狂言回し（きょうげんまわし）」

そんな声が聞こえると同時、寄生鎌狂言回し（きょうげんまわし）の動きが止まる。

「なんでー？」

「食べちゃダメなのー？」

「お腹（なか）すいたよー」

「俺の言うことを聞け」

戦士ゴルガノが睨みを利かせる。

「仕方がないなー」

「けちー」

戦士ゴルガノの言うことは聞くようで、寄生鎌狂言回しは大人しく引き下がる。

「おい、ゴルガノ！　なぜ、殺すをやめるんだ!?」

そう言葉を発したのは聖騎士カナリアだ。

「カナリア、こいつは勇者の使徒の可能性がある」

「馬鹿なッ！　そんなはず、あるわけがないだろ！」

「いいか、主の願望を叶えるには俺たちはあらゆる可能性を考慮しなくてはならないんだよ」

激痛に耐えながら、わずかでも情報が欲しいという思いで彼らの話に耳を傾ける。

「おい、あんちゃん。お前は何者だ？」

戦士ゴルガノは俺の首根っこを摑んでは持ち上げながら、そう尋ねてきた。

何者と聞かれても困る。

「俺はキスカだが……」

困った俺は、ただ自分の名前を答えた。

「ちっ、まともに答える気はないか」

そう言いながら、俺の体を投げ飛ばす。その衝撃で、「ぐはっ」と血反吐を吐き、そのまま俺の意識が途切れそうになる。

「もし勇者の使徒ならば、殺したほうが厄介なことになるかもしれない」

一体、何を言って……？

そう思うが、口に出すだけの体力がもう残っていなかった。

「だから、封印させてもらう」

その言葉を聞き遂げた瞬間、俺の意識は暗転した。

◆

あ、どこだ、ここ……？

目を開けた俺はそんなことを思う。見知らぬ光景が目の前に広がっていた。といっても、特筆すべき光景というわけではなかった。

ひたすら、無が続いていた。空も大地もなければ、地平線も当然のように存在しない。

あぁ、過去に似たような光景を見たことがある。

黒アゲハが世界を〈リセット〉したことにより、何もかもが滅びた世界もこんな感じだった。確か、あのときは観測者を名乗る『何か』に話しかけられ、その後、世界を救うために百年前に飛んだのだ。

けど、あのときとは、また様相が違う。

そもそも、なんでこんなことになったんだ？

あぁ、そうだ。確か、戦士ゴルガノが封印がどうとか言っていたな。恐らく、彼によって俺は封印されたわけだ。封印というのが、なんなのかよく俺にはわかっていないが。

パッと思いつくのが、アゲハのことだ。アゲハが【カタロフダンジョン】内で封印されていたのを俺が救ったことがある。

アゲハの封印と俺がされた封印が同一のものなのかはわからないが、その可能性は十分高そうだ。

でも、なんでわざわざ俺を封印した？

『もし勇者の使徒ならば、殺したほうが厄介なことになるかもしれない』という戦士ゴルガノの言葉を思い出す。この言葉から察するに、俺を殺すと死に戻りすることを知っていた……？　だから、殺すのではなく、封印することを選んだ。

確かに、封印されれば、死に戻りはしないが……。

もし、この仮説が正しければ非常に厄介だな。今後はなにか対策を施す必要があるかもしれない。

と、色々と考えても仕方がないか。

ひとまず、この状況から脱することを考えないと。

そう思い、歩き出そうとして、気づく。

一歩も動けないことに。

そう、俺は一歩も歩くことができなかった。それどころか、手を動かすことも、喋ることも、瞬きをすることもできない。体のどこを動かそうにも全く微動だにしない。

ただ意識だけがある。

俺はどうしたらいいんだ？

何もできないと悟った途端、不安がこみ上げてくる。

誰か、いないのか！　と叫ぼうにも、口を動かすこともできない。このまま俺は永遠にこの無の世界に囚（とら）われ続けるんだろうか？

そのことを自覚してようやっと俺は恐怖を覚えた。

これから、どうしようもない退屈が永遠に続くのだ。

◆

封印されてから、どれほどの時間が経ったのだろう。

時計どころか太陽が昇ることもないため、時間がどれほど経ったのか、さっぱりわからない。

ただただひたすら、何もない時間が続いている。

何もできないというのが、これほど辛いとは知らなかった。

あぁ、退屈だ。退屈な俺は、母親が聞かせてくれた物語を思い返すことにした。

最初に誕生した勇者と魔王の物語だ。


この世界は、ある魔神が覚醒するのと同時に創造されたとされている。

その魔神の名は、デウスゴート。魔神デウスゴートが支配する世界は、闇以外なにも存在しなかった。ゆえに、永遠に世界は闇が支配するように思われた。

しかし、この世界に一柱の神が訪れた。

至高神ピュトス。至高神ピュトスは普段、この世界とは違う高次元の世界を住処としていた。そもそも魔神デウスゴートも至高神ピュトスから生まれた存在に過ぎなかった。

その至高神ピュトスが何もない世界を見て、嘆いたことで一雫の光が生まれた。

その光が世界を照らしたのだ。

それから至高神ピュトスは、火、水、風、土の精霊を生み出し、彼らに大地や大気、海といった現在よく知られている世界を創らせた。そして、最後に至高神ピュトスは魂を吹き込み、植物や動物、人間やエルフなどが含まれる人族といった命のあるものを生み出した。

それによって世界は繁栄したが、その世界に嫉妬する者が現れた。

魔神デウスゴートである。

魔神デウスゴートは、手始めに死や病気を世界にもたらした。それでも、世界は存続したので、魔神デウスゴートは魔物とダンジョンを生み出し、人類を破滅させようとした。

至高神ピュトスはそれに対抗すべく、人族にスキルを与えた。スキルを与えられた者によって、魔物は壊滅させられたため、魔神デウスゴートは次の手を打った。

それは魔王と、その配下の魔族たちによる侵略だった。

突如現れた魔王により、人族は危機に陥る。

絶体絶命に思われたそのとき、救世主が現れる。

その救世主こそ、初代勇者である。

勇者は至高神ピュトスの加護を得た存在であり、その力をもって魔王を討伐するに至る。

しかし、魔神デウスゴートは諦めなかった。討伐されるたびに、この世界に新たな魔王が顕現し、その魔王を倒すべく勇者も現れる。

このようにして、現代まで、魔王と勇者の戦いは続いているのだ。

というのが、俺が母親から聞いた物語だ。

初代勇者の武勇伝は他にもあるらしいが、母親から聞いたのはここまで。だから、初代勇者がどんな活躍をしたのか俺は知らない。

なんてことを考えていたら、幾ばくか時間が過ぎてくれた。

この何もない世界では、考え事をしているときだけが心の平穏を保ってくれる。

◆

封印されてから、どれだけ時間が経っただろうか……。

退屈だ。

退屈すぎて心が壊れてしまいそうだ。

何かないだろうか。心を満たしてくれる何かが。

あぁ、そうだ、算数でもやろう。

農民として育った俺はちゃんとした教育を受けることができなかったが、母親が最低限の文字の読み書きと数字の数え方を教えてくれたんだ。

確か、1足す1は2。

2足す2は4。

4足す4は8。

8足す8は16。

16足す16は32。

32足す32は64。

64足す64は……128。

128足す128は、えっと……256。

256足す256は512。

512足す512は1024。

1024足す1024は2048。

・・・・

2684354456足す2684354456は5368709912。

あぁ、どれだけ数を数えれば、この苦痛から解放されるんだ？

◆

封印されてからどれだけ時間が経ったんだろう。

百年以上経ったと言われても不思議ではないぐらい、無窮の時間を過ごしている気がする。

いつ見ても、目の前は真っ黒で何もない。

お腹が空くこともなければ、眠くなることもない。

ただただ、退屈な時間が続く。

極度の退屈がこんなにも苦痛だなんて。

あぁ、退屈だ。

いっそのこと死ねば楽になれるのに。

死ねば、安らかに眠ることができる。

それはどんなに幸せなことだろうか。

だから、死にたい。

死にたい。死にたい死にたい死にたい死にたい死にたい死にたい死にたい死にたい死にたい死にたい。死にたい死にたい死にたい死にたい死にたい死にたい死にたい死にたい死にたい死にたい。死にたい死にたい死にたい死にたい死にたい死にたい死にたい死にたい死にたい死にたい……。

頼む、誰か、俺を殺してくれ……！

◆

……………………………………………………あ、光だ。

それはなんの前触れもなかった。

今日も今日とて、退屈な時間を過ごすことになるんだろうと思っていた矢先のことだ。

目の前に、光が灯（とも）ったのである。光とそれから数秒遅れて、パリンとガラスが割れるような音。

この、何もない世界に訪れた初めての変化だ。

気がつけば、殻を破るかのように目の前の無が砕けていく。

「あら、ようやっと封印の結界を破壊できましたわね」

聞き覚えのある声だった。

久しぶりの外界の空気が全身を覆う。

「ユーディート……」

そう、目の前に現れたのは吸血鬼のユーディートだった。

そうか、彼女が結界から救ってくれたんだ。

その事実に、思わず目から涙が零（こぼ）れる。

嬉し泣きだ。

彼女が絶望から救ってくれたんだ。

「封印を解いて早速で悪いのですが、死んでくださいます？　そこにいられると非常に邪魔なので」

そう声が聞こえるやいなや、血が飛び散る音が聞こえた。

どうやら、俺は彼女の手によって殺されるらしい。

恐らく封印を解いたのも、俺を助けようと思ってのことではなく、ダンジョンを住処にしている彼女にとって、ただ邪魔だから排除しようとした結果に過ぎないんだろう。

とはいえ、彼女に救われた事実に変わりはない。

なにせ死ねば、またやり直すことができる。

死ぬことができないほうが、よっぽど辛かった。

「ありがとう、ユーディート。好きだ」

だから、感謝の言葉を述べた。

彼女は不快な表情を浮かべるだろうが、それを確認する前に俺の意識は事切れた。

「あ……戻ったのか……」

目を開けつつ、周囲を見回す。見覚えのあるダンジョンの中だった。どうやら死に戻りするポイントは変わっていないらしい。

「それにしても厄介な目にあったな」

まさか、殺されるのではなく封印されるとは。確かに、封印ならば死に戻りは発生しない。

「ていうか、あいつらは死に戻りのことを知っているのか？」

そんな疑念が湧く。

聖騎士カナリアと戦士ゴルガノ。二人は『混沌主義』という謎の組織に属しているらしい。

その組織の目的はわからないが、死に戻りのことを知っているのだとすれば、非常に厄介だな。

また封印されれば、今度こそ精神が壊れてしまいそうだ。もう二度とあんな目に遭いたくない。

とはいえ、対策ができないこともないが。

「封印されそうになったら、その前に自害すればいいしな」

封印がどういった手順で行われるかわからないが、封印より自害が早くできるに違いない。

自害さえしてしまえば、死に戻りをすることができる。

だから、封印に関しては頭を悩ませる必要はなくて……。

えっと、俺がすべきことは魔王の復活を阻止することだよな……。長い間封印されていたせいで、思い出すのに時間がかかるな。

敵は聖騎士カナリアと戦士ゴルガノの二人だ。といっても、俺が知らないだけで、他にも敵が潜んでいるのかもしれないが。フードの男のノクとかも見るからに怪しいしな。

ひとまず、魔王の復活を阻止するには、この二人を相手にしなければならないのか。


俺に、できるのか……？

前回の時間軸では、戦士ゴルガノが使う寄生鎌狂言回(きょうげんまわ)しに手も足も出なかった。何度挑戦しても、勝てる光景を思い浮かべることができない。

正直、不安だが……立ち止まる理由にはならないか。

だから、歩き続けないと。

◆

もう一度、聖騎士カナリアと戦おうと思い、俺は前回の時間軸をなぞった。

獲得するスキルは〈敏捷強化〉を選び、その後スキルを合成して〈シーフの技能〉にする。

それからは勇者を魔王のいる場所まで誘導し、それから聖騎士カナリアのいる場所に向かった。

「よぉー、ここに来ると思っていたぜー」

いつもなら、ここに聖騎士カナリアだけがいるはずだった。

「な、なんで……？」

なんで、戦士ゴルガノがここにいるんだ？

「本当に来たようだな」

「カナリア、俺のことを疑っていたのか？」

「仕方がないだろ。こんな平凡そうなやつが、私たちの敵なんて意外にも程がある」

戦士ゴルガノの隣には聖騎士カナリアもいた。

待て、状況を把握できない。この時間軸では、俺はまだ彼らに対して攻撃をしてない。なのに、なんで俺を敵と認識しているんだ？　死に戻りしたら、全てが元に戻るんじゃないのか？　なのに、なんで彼らの行動が変化している？

「こいつ、やっぱり臭う！」

「危険な臭いだ！」

「気をつけて、ご主人！」

甲高い声が響いた。それが、戦士ゴルガノが持つ寄生鎌狂言回し（きょうげんまわ）の放つ声だと気がついたのは、数秒後のことだった。

「不思議そうな顔をしているな？」

俺の顔を見て、戦士ゴルガノがそう尋ねる。

「こいつらが教えてくれたんだよ。あんちゃんに気をつけろってな」

寄生鎌狂言回し（きょうげんまわ）が戦士ゴルガノに前の時間軸で俺と戦ったことを教えてくれたってことなのか？

まさか、狂言回し（きょうげんまわ）に、別の時間軸を認識する力があるとでもいうのか？

そんな馬鹿なことあるか、と自問自答して、ふと思い出す。

そういえば寄生剣傀儡回し（くぐつまわ）も、別の時間軸と異なる行動をすることがあった。

例えば、その時間軸では初めて会ったはずの寄生剣傀儡回し（くぐつまわ）が俺に対し、「ふむ、なぜだろう？君とはどこかで会った気がするな」なんて口走ったことがある。

だから、寄生鎌狂言回し（きょうげんまわ）にも、別の時間軸のことを把握する能力があってもおかしくない。

そう、結論づけて思わず俺は背筋をゾッとさせる。

もしかしたら、俺が敵に回しているのは想像以上に厄介な存在なんじゃないだろうか。

「どうした？　俺たちに怖じ気（おけ）づいたのか？」

呆然としている俺に対し、戦士ゴルガノはそう口走る。

「ゴルガノ、相手の攻撃を待つ必要なんてないのだろう？　さっさと殺してしまおうじゃないか」

「待て、殺すのはなしだ。勇者の使徒の可能性がある」

「なんだと？」

二人が勝手に俺について相談事を始める。また、こいつらに封印されたらたまったもんじゃない。

「くそがぁあああああああッッ!!」

相談事がまとまる前に攻撃をしないと、という焦りから、俺は叫びながら剣を手に突っ込む。

「あまり大したことがねぇな」

「あ……？」

いつの間にか、戦士ゴルガノが俺の後ろに立っていた。

一体、どうやって……？　そう思うと同時、ビュッ――！　と全身から血が噴き出る。どうやら一瞬の間に、戦士ゴルガノが鎌をもって俺のことを全身切り刻んだらしい。

まずい……このままだと、封印されてしまう。

その前に！

切り刻まれたせいで動かせない右腕の先には、〈猛火の剣〉の先端がある。その先端に向かって、俺は倒れるように突っ込んだ。

グシャッ！　と、首に突き刺さる音がする。

なんとか、封印される前に死ぬことができたようだ。

◆

「どうすればいいんだよ」

そんなことを思う。

俺はこれまで魔王復活を阻止するため、聖騎士カナリアに挑んできた。

聖騎士カナリアは強かった。けど、がんばれば勝てそうだと思ったから、俺は諦めずに何度も挑戦できたのだ。

しかし、状況が変わってしまった。

これからは戦士ゴルガノを相手に戦わなくてはいけない。

戦士ゴルガノの強さは、異次元だ。その強さの秘密は、彼が扱っている寄生鎌狂言回しにあるのだろう。

聖騎士カナリアも寄生剣傀儡回しを使っているが、恐らく、彼女は傀儡回しを使いこなせていないように見える。

正直、俺のほうが傀儡回しを使いこなしていた。

対して、戦士ゴルガノは寄生鎌狂言回しの力を十全に引き出すことができるようだ。

そんな戦士ゴルガノに俺は勝てるのか……？

「無理だな」

多分、何回挑戦しても勝てる気がしない。俺と戦士ゴルガノの間には、それだけ大きな戦力差がある。

とはいえ、他にどうすればいいっていうんだ……？

「なんだか行き詰まっているみたいだね、ご主人」

あ……？

声が聞こえると思い顔を上げると、そこには傀儡回しが立っていた。

「いつから俺は夢を見ていたんだ」

「さぁ、いつからだろうね？」

傀儡回しは愉快そうに首を傾げていた。傀儡回しがいるってことは、ここは夢の中に違いない。そして、夢に傀儡回しが出てしまうほど、俺って追い込まれているのか。

「もうやめちゃえばご主人」

「あん？」

「カナリアとかゴルガノとか正直どうでもいいだろ。あんなやつら無視して、ここから逃げてしまえよ」

「いや、でもあいつらをなんとかしないと、世界が滅んでしまう」

「おいおい、いつからご主人はそんな英雄みたいなことを考えるようになったんだ？　ご主人に英雄なんて似合わねーぞ」

「うるせーな」

まぁ、でも傀儡回しの言いたいことはわからんでもない。最初は傀儡回しを人間にしてあげようと死んだはずなのに、アゲハを救うために百年前に来て、なのにアゲハがどこにいるのかさっぱり見当もつかない。

そして、俺は一人で『混沌主義』という連中を止めようと何度も死んできた。

「別に、世界が滅んだってよくないか？　なんで世界を救うためにご主人が犠牲にならなきゃいけないんだ？」

「確かに、そうだな」

傀儡回しの言っていることはもっともだ。世界のために俺だけが苦しい思いをしなきゃいけないのは不平等だ。

「だろ？　だから、やめてしまえよ。世界を救うなんて、面倒なことはさ」

傀儡回しの言葉は心地がよい。もういっそのこと全てを放り投げて逃げ出してもいいかもしれない。

「ここで傀儡回しと一緒にいるのもいいかもしれないな」

「おいおい、ご主人ついに頭がおかしくなったか？　ここは夢の中だぜ。ご主人が俺様のことが好きで好きで仕方がないのはわかるが、夢の中でずっと一緒にいるのはいくらなんでも無理な相談だぜ」

「じゃあ、やっぱりがんばらないといけないじゃねーか！」

傀儡回しと一緒にいられないというならば、やっぱりこの世界を救うほかない。

「おいおい、ご主人は俺様のことが好きなのか？　どれだけ俺様に会いたいんだよ」

「あぁ、そうだよ。俺はお前のことが好きだ」

「お、おう。そうか。こう面と向かって言われるとけっこう恥ずいな」

ヽトノベル
動かずに
ないい!
彼女に

発売タイトル

無職転生、

無職転生～

ヤンデレな
殺される２

俺が死んだら、また時間が
巻き戻る。キミとの思い出も
この世界の運命も。

著者●北川ニキタ
イラスト●とも一
B6・ソフトカバー

黒アゲハの〈リセット〉で滅ぼされた世界を救うためキスカは百年前に飛ぶ。そこは勇者と魔王の戦争真っ只中。ダンジョンに辿り着いた勇者パーティの凄惨な運命を変えるためキスカは再び何度だってやり直す!

武器に契約破棄されたら
健康になったので、幸福を
目指して生きることにした２

魔法を使って、素材を集めて……
さぁ、みんなで気球を上げよう!

著者●嵐山紙切
イラスト●kodamazon
B6・ソフトカバー

『人格を持った道具（サーバント）』との契約なしに一人でも膨大な魔力が使えるニコラは、魔法学園都市・デルヴィンを訪れる。彼は自由に魔法を研究しながら、ドワーフの少年技師・クロードと共に気球を作るが……!

オトナのエンターテイン

著者●理不尽な孫の手　イラスト●シロタカ

B6・ソフトカバー

『無職転生』本編の続きを描く物語集『蛇足編』! シリーズ1巻では『ウェディング・オブ・ノルン』『ルーシーとパパ』『アスラ七騎士物語』に加え、書き下ろし短編『かつて狂犬と呼ばれた女』の豪華四編を収録!!

株式会社KADOKAWA　編集:MFブックス編集部　MFブックス情報
No.120 2023年6月30日発行　〒102-0071 東京都千代田区富士見2-13-12
TEL.0570-002-301(ナビダイヤル)

発行:株式会社KADOKAWA
KADOKAWA

傀儡回しは照れくさそうにそう言う。

けど、俺は喋るのをやめない。

「俺は傀儡回しのことが好きだ。だから、お前にもう一度会いたい。それに、アゲハのことも好きだ。だから、アゲハがどこにいるのかずっと捜している。あと、ユーディートのことももちろん好きだ」

「……他の女の名前出すなんて、ご主人は随分とクズなんだね」

「別にクズでいいさ。英雄よりもクズのほうが俺には似合っているだろ」

「まぁ、確かに、ご主人らしいね」

そう言って、傀儡回しが笑った気がした。

「そういうことなら俺様は何も言わないけどさ、ただ今までのやり方で行き詰まってしまったんだろ。ご主人に英雄なんて似合わないんだからさ、他の人に任せてしまえば」

その言葉を最後に傀儡回しは俺の前から姿を消した。

どうやら幸せな時間はもう終わりのようだ。

◆

「勇者エリギオンをもっと信用してみるか？」

夢の中で傀儡回しが言っていたアドバイスをもとにそんなことを考える。

勇者エリギオンには魔王ゾーガを倒す力があるのだ。ならば、彼が聖騎士カナリアに殺されないよう誘導することができれば、たとえ魔王が復活しても、勇者エリギオンの手によってもう一度討伐することができる。

試してみる価値はあるな。

そう決めた俺は、目的を果たすためにダンジョンを走り抜ける。スキル〈敏捷強化〉を獲得して、スキルを合成して〈シーフの技能〉を獲得する。

そして、勇者エリギオンに接触して、魔王ゾーガのいる場所まで誘導する。勇者エリギオンが魔王ゾーガを倒すのを見届け、俺は新たな作戦を実行すべく彼に話しかけた。

「勇者様、一つ話しておきたいことがあります」

「キスカくん、神妙な顔をしてどうしたんだい？」

聖騎士カナリアがここに来るまでに、話をつけなくてはいけない。

だから、助言するなら、今だ。

「実は、勇者様の仲間に裏切り者がいます」

「ん？」

勇者エリギオンは俺の言葉に首を傾げる。

「えっと、その裏切り者は一体、誰なんだい？」

「聖騎士カナリアと戦士ゴルガノの二人です。彼らは、結託して勇者様の暗殺を目論(もくろ)んでいます」

よし、告げることができた。

これで、勇者エリギオンは彼らを警戒する。だったら、簡単には殺されないはずだ。

ヒュン、と風を切る音が聞こえた。

いつの間にか、勇者エリギオンが持っていた剣を俺の首に突きつけていた。

「おい、僕の仲間を侮辱するとはどういうつもりだ……？」

いつもの明るい口調ではなく、低くドスの利いた声だった。

「いいか、よく聞くんだキスカ。僕は自分の仲間を侮辱されるのが、一番許せないんだ。聖騎士カナリアが僕を裏切るだって？　馬鹿にするのも大概にしろ。いいか、聖騎士カナリアは、僕が幼い頃から王宮で仕えていた騎士だ。だから、僕が最も信頼している人物だ。戦士ゴルガノは、聖騎士カナリアと違って、知り合ったのは僕が勇者に選ばれてからだだが、今まで彼は僕と共に戦ってくれた。その証拠に、彼は先の魔王軍との大戦で大きな武功をあげている。その二人が、裏切り者だと？　冗談だとしても許されないぞ」

そう口にする勇者エリギオンの瞳は怒りに満ちていた。

落ち着け。

勇者がこうして怒るのは、十分わかりきっていたことだ。俺は勇者エリギオンからしたら、さっき知り合ったばかりの素性の知れない人物だ。そんな俺の言葉を簡単に信用してくれるわけがない。

だからって、ここで簡単に引き下がるつもりはない。

「勇者様、俺には未来を知る力があります」

「あ？」

「だから俺には見えるのです。二人が勇者様を裏切る姿が。俺はこの言葉に命を懸けることができます。だから、もし、二人の潔白が証明されたなら俺を処刑してもかまいません」

「…………………」

微かに勇者エリギオンは目を細めた。

俺の言葉に一考の余地があると思ってくれればいいんだが。

「だから、勇者様にお願いがあります。二人を常に警戒してください。いつ、二人が勇者様に対して、刃を向けるかわかりません」

それから、しばらく無言の時間が流れた。

どうやら、勇者エリギオンは俺の言葉をどう受け止めるべきか考えあぐねているようだ。

「未来を知る力があると言ったね。それを今、ここで証明できるかい？」

説得力が増すと思い、未来を知ることができるととっさに嘘をついたが、あながち間違ってもいないだろう。なにせ、俺はこの後の未来を何度も見てきたのだから。

「もう、すでに勇者様は俺の力をその目で見ていますよ」

「どういうことだ？」

「勇者様をこの場所まで案内したじゃないですか。魔王ゾーガのいる場所を俺は知っていたから、こうして案内できたんですよ」

「…………ッ」

そう言った途端、勇者エリギオンの目が見開いたことを俺は見逃さなかった。

「……なぜ、二人は僕を裏切るんだい？」

「彼らは『混沌主義』というカルト集団に属しているようです。勇者様を殺そうとするのは、その組織の意思だと思います」

そう教えると、「そういえば、戦士ゴルガノを連れてきたのはカナリアだったな」と、彼は小声で口にした。

「他に、その『混沌主義』とやらについて、何か知っていることはあるかい？」

「組織の目的は、魔王を復活させ、世界を滅亡へ導くことです。魔王を復活させることができる指輪を聖騎士カナリアは隠し持っています」

そう告げると再び沈黙の時間が流れた。俺の言葉が信用に値するのか考えているのだろう。

「命を懸けると言ったその言葉に嘘偽りはないかい？」

「はい」

「そうか」

勇者エリギオンは頷くと、「失礼したね」と言いながら、俺に突きつけていた剣を鞘に戻す。

「君を全面的に信頼するわけではない。けど、君の『命を懸ける』と言った言葉を尊重しようと思う」

上出来だ。

勇者エリギオンの言葉に、俺は内心ほくそ笑む。

今回こそは、悲劇を回避することができるかもしれない。

◆

勇者エリギオンに忠告を済ませた後、しばらくして、聖騎士カナリアと戦士ゴルガノがやってきた。今までの時間軸では、この場には、聖騎士カナリアが一人でやってきた。なのに、今回は二人でやってきた。

未来が変わったのは、寄生鎌狂言回しを通して、戦士ゴルガノが俺を警戒するようになったからに違いない。

「殿下、お待たせしました。申し訳ありません、大事なときにお傍にいることができなくて」

「二人ともお疲れ様。カナリア、謝らなくていいんだよ。こうして無事に魔王を倒すことができたんだしね」

「なんだ、もう魔王を倒してしまったのか。手柄を勇者様に全部取られてしまったな！」

戦士ゴルガノの笑い声が響く。

三人の会話の内容に違和感はない。どうやら、二人とも勇者の前で敵対するつもりはないらしい。

このまま何事もなければいいんだけどな。まぁ、それがあり得ないことは俺が一番よく知っているんだけど。

「ふわぁーっ、やっと、会えましたーっ！　もう、死ぬかと思いましたよーっ！」

「…………」

それから、さらにしばらくして、エルフの賢者ニャウとフードの男の暗殺者ノクがやってきた。

彼らは、前回の行動と特に変わりはないが、実際のところ、この二人は敵、味方どっちなんだろうな。

ともかく全員揃った俺たちは賢者ニャウの転移の魔法陣を使ってダンジョンの外へと帰還した。

それから、俺たちはカタロフ村の村人たちに歓迎され、魔王を倒した戦勝祝いとして宴が開かれることになった。以前の時間軸と同様の流れだ。

「やぁ、キスカくん、楽しんでいるかい？」

宴が開かれている広場の椅子に腰掛けていると、勇者エリギオンがそう話しかけてきた。

「いえ、楽しんではいません。常に警戒していますので」

俺は宴に参加せず、常に勇者エリギオンを視界に捉えては見張っていた。

「正直、考えすぎだと思ったけどね。二人と話してみたけど、普段と特に変わった様子はなかった」

「勇者様、俺の未来予知は絶対に当たるんですよ」

「……そうかい。だったら、そのときが来たら、僕のことを護(まも)ってくれよ」

「えっと、もちろん、そのつもりですが……」

正直、俺なんかより勇者エリギオンのほうがずっと強い。だから、俺が護る必要なんてないと思うが。

「カナリアは僕が最も信頼している部下だ。だから、彼女が本当に裏切り者だったら、僕はショックで戦うどころではないだろうからね」

「そうですか……」

確かに、そういうことなら俺が勇者を守る必要があるかもしれないな。

「とはいえ、僕は君の未来予知が外れると思っているからね。だから、肩の力を抜いて宴を楽しみたまえ」

そう言葉を残して勇者エリギオンは別の場所に行ってしまった。勇者だし、他の人たちの相手もしなくてはいけないんだろう。

「よぉ、あんちゃん。隣いいか？」

それからしばしの間一人でいると、また話しかけられた。

話しかけてきた人物を見て、心がざわつく。なぜなら、それが戦士ゴルガノだったからだ。戦士ゴルガノは俺の返事を待たずに、隣の席にどっしりと深く座り込む。

「どういうつもりだ？」

意図がわからない俺はそう話しかける。

「そう警戒するなよ。こんなところで戦うつもりはない」

そう言って、彼は手に持っていたジョッキを口に運んで一気にお酒を飲む。

「なぁ、あんちゃん。お前は一体、何者なんだ？」

戦士ゴルガノはそんなことを聞いてくる。

「俺はキスカという冒険者だが」

「そういうことを聞いているんじゃねぇってことぐらいわかるだろ」

「さぁ、俺にはわからないな」

そう返すと、ゴルガノは「ちっ」と舌打ちをした。

「俺たちはだよ、それはそれは綿密に計画を立てて、慎重に慎重に実行に移しているんだ。それも何十年という途方もない時間をかけてな。そして、ようやっと計画が終盤を迎えたというのに、唐突にお前というイレギュラーな存在が俺たちの計画に割って入ってきた」

「随分と色んな情報を教えてくれるんだな」

戦士ゴルガノの語りに対して、皮肉を込めてそう返す。

するとゴルガノは不機嫌そうに鼻を鳴らしてこう口にする。

「………まぁ、いいさ。世の中ってのはよ、わからないことのほうが多い。お前もその一つなんだろうな」

と言いながら、ゴルガノは再びお酒を口に含んだ。

「だがな、俺たちは諦めねぇ。どれだけお前たちが狡猾に俺たちの行く手を阻もうとしてもだ」

まるで、自分たちこそが正義だという言い分に俺は困惑する。

「なんで、こんなことをするんだ？」

だから、俺は気になってそう尋ねていた。

「主がそれを望んでいるからだ」

「その、主ってのは誰なんだ？」

そう問いながら、聖騎士カナリアも別の時間軸で主の存在に言及していたことを思い出す。

主というのは、一体誰なんだろうか。

「主の名は組織の人間だけが知る権利だ。教えるわけがないだろ」

「俺もお前らの仲間になると言ったら？」

「ばーか、信じるわけないだろ。お前は、もう組織から敵認定されているんだよ」

まぁ、そう簡単にいくわけがないか。

「だが、一つだけ教えてやる。決戦は明日だ。だから、今日はゆっくり寝て、明日に備えろってことだな」

そう告げると戦士ゴルガノは立ち上がって、お酒を取りに行ってしまった。

◆

宴が終わり、俺たちは村に一泊することになった。

明日の早朝、馬車で王都に向かうらしい。

勇者たち一行は俺も含めて、宿に泊まることになった。一人一室を与えられ、それぞれの部屋で寝ることになった。

さて、明日に備えて寝るか、とはならないよな。

戦士ゴルガノは、決戦は明日だ、とかのたまっていたが、嘘の可能性は十分にある。

とはいえ、以前の時間軸で、馬車の中で聖騎士カナリアが勇者エリギオンを襲ったことを踏まえると、真実の可能性もあるが……真実だとしたら、わざわざ俺に言う必要性がないからな。

恐らく、彼らは勇者エリギオンとまともに戦うつもりはない。というのも、俺の分析では彼らより勇者エリギオンのほうが強い。だから、正面から戦えば、彼らは負ける可能性が高い。

ならば、暗殺という手段を用いるに違いない。

そして、暗殺の絶好のタイミングとなると、寝込みを襲うのが定番な気がする。

早速、勇者エリギオンの部屋に行って護衛を申し出よう。

そんなわけで俺は部屋を出て、勇者エリギオンが泊まっている部屋に向かう。

「なぜ、貴様がここにいるんだ？」

勇者エリギオンの部屋の前に、聖騎士カナリアが立っていた。

「いや、あなたの方こそ、なんで勇者様の部屋の前にいるんですか？」

「私は明日の予定について、殿下と相談をしなくてはならないんだ。それで、私の質問に答えろ。貴様は一体なんの用で、ここにいるんだ？」

なんて答えるべきだ？

そもそも聖騎士カナリアは勇者エリギオンを暗殺するために部屋に入ろうとしているのか。それとも、本当に明日の予定を確認するために？

ちなみに、聖騎士カナリアは俺のことをどう思っているのだろうか？　十中八九、戦士ゴルガノ同様、俺を敵と認識しているんだろうけど。

「俺だって勇者様に用事があるんですよ」

「その用事はなんだ、と聞いている」

「あなたに答える必要はないと思いますが」

「私は殿下の護衛の役割も兼ねている。殿下に不用意に近づく人間を警戒するのは当然のことだろう」

彼女の言っていることは正論だ。けれど、俺には引き下がれない事情がある。どうやってこの場を切り抜けようか？　そう考えたとき――

ガチャリ、と扉が開く音がした。

「二人とも、扉の前でどうしたんだい？」

顔を出したのは勇者エリギオンだった。

「で、殿下、夜中にお騒がせして申し訳ありません。明日のことで、どうしても殿下に相談したいことがありまして、部屋を訪ねようとしていました」

突然現れた勇者エリギオンに、聖騎士カナリアは驚きながらも冷静に対応する。

「俺も、勇者様に話があって来ました！」

聖騎士カナリアによって封殺されると困ると思った俺も声を大にして主張させてもらう。

「そうか。なら、二人とも部屋に入っておいで」

と、勇者エリギオンはあっさりと快諾する。

「殿下。彼を殿下の部屋に招くのは少々不用心かと存じます。私は、彼が信用に足る人物だとは思えません」

カナリアが俺を勇者から遠ざけようと画策してきたな。

まずいな。勇者エリギオンがカナリアの意見を聞き入れてしまうと、護衛ができない。

「カナリア、僕が許可したんだ」

勇者エリギオンの言葉には、なんとも言いがたい圧があった。まるで、自分に対する一切の反論を許さないとでも言いたげな。

「出過ぎた真似(まね)でした」

カナリアもそれを察したのだろう。すぐに意見を引っ込める。

ともかく、これで俺は聖騎士カナリアと共に勇者の部屋に入ることができる。

これから何が起こるかは、全くの未知数だ。

けれど、これなら勇者エリギオンを守ることができるかもしれない。

◆

部屋の中に入ると、聖騎士カナリアと勇者エリギオンが相談事を始めた。

相談事の内容は、明日王都へ向かう際の段取りに関してだった。

どうやら聖騎士カナリアが部屋の前で勇者に相談事があると主張していたのはあながち嘘ではなかったらしい。

そんな中、俺はというと、二人の様子を落ち着かない様子で観察していた。

いつ、聖騎士カナリアが襲いかかってもおかしくない。

だから、彼女に怪しい動きがないか、一挙手一投足を注意深く観察していた。

今のところ、怪しい動きはない。

「私のほうは以上です」

聖騎士カナリアがそう言って話を切り上げていた。観察してる間に相談事は終わったらしい。

「それじゃ、次はキスカくんの番だね」

勇者エリギオンが俺のことを見ていた。

そういえば、俺も用事があると主張してこの部屋に入ったんだったな。

なので、話をさせてもらう。

「勇者様の護衛をしたいと思い参りました。勇者様が寝ている間によからぬ者が勇者様を襲う可能性がないとは言い切れないので」

「確かに、この部屋で一人で寝るの不用心だったね」

と、勇者エリギオンは納得した様子で頷く。

「殿下！　護衛でしたら私にその役目を務めさせてください！　それとも殿下は私よりも素性の知れない冒険者を信頼なさるおつもりですか」

聖騎士カナリアが声を荒らげて訴える。

確かに、俺よりも聖騎士カナリアが信頼されているのは間違いないな。だからといって、彼女が護衛することになったら、俺の計画は全て水の泡になってしまうんだが。

「そうか。だったら、二人で協力して護衛をしてくれ。二人いたら、交代で眠ることもできるしね。うん、それが一番効率がいい」

勇者エリギオンがそう結論づけた。

なにやら俺と聖騎士カナリアの二人で勇者を護衛することになった。

結局、その後、勇者エリギオンは普通にベッドに入って寝た。

護衛をすることになった俺と聖騎士カナリアはというと、椅子に座って監視している。

お互い喋るわけでもないため、ひたすらに静寂な時間が流れた。

結局、彼女は勇者エリギオンが寝ているときに暗殺するつもりなのだろうか？

それとも、暗殺を実行するのは明日で、今はただ機会を待っているだけなのだろうか。

相手の真意がわからない以上、あらゆる可能性に対応できるよう常に気を張っていないといけないわけだが、正直疲れる。

さっきから、段々と疲労が溜まってきたような気がする。

おかげで、眠気が……。

けど、寝るわけにいかない。だから、目をこすりつつ、ふと聖騎士カナリアのほうを見る。

彼女はどうしているんだろう……？　俺と同じ、眠くはないんだろうか？

……あれ？

えっと、そんなことあるのか……？

思わず、自分の目を疑う。

けど、もう一度、確認して、やはりそうだと確信する。

というのも、聖騎士カナリアは椅子に座って、寝ていた。

「すー」と、寝息まで立ててやがる。

マジか……。

護衛を買って出た人間がそれを放棄して寝てしまうとか、そんなことあるんだろうか。

そういえば、勇者エリギオンが「交代で眠ればいい」と言っていたから、それを実践しているのかもしれない。

だとしても、一言ぐらいあってもいいよな。

まるで、今夜は勇者が襲われないことを知っているかのような態度だ。

ってことは、こうして勇者の部屋まで来て護衛を買って出たのは取り越し苦労だったのかな。

そう思うと疲労感がどっと押し寄せてくる。

なんだか俺まで眠くなってきたな……。

ガシャッ、という音が聞こえた。

瞬間、目を覚ます。

どうやら俺は眠ってしまったらしい。

そのことを恥じるが、それより勇者エリギオンの無事と聖騎士カナリアの動向を確認しなければ。

大丈夫だ。勇者エリギオンはベッドで寝ているし、聖騎士カナリアも椅子に腰掛けて寝ている。

じゃあ、さっきの音はなんだ？　俺は一体なんの音で目を覚ましたんだ？

「よぉ」

突然、真後ろから話しかけられたので背筋をゾクッとさせる。

「気分はどうだ？」

話しかけてきたのは戦士ゴルガノだった。

さっきの音は彼が部屋に入ってきた音だったのだ。部屋には鍵がかけられていたはずだと思ったが、律儀に壊されている。

「なんの用だ？」

「ちと、お前さんと話がしたくてな」

「話とはなんだ？」

「こんなところで話す内容じゃない。少し、部屋の外に来てくれ」

「俺はここから離れるつもりはない」

「ふんっ、そうかよ」

不満そうにそう呟くと、声を荒らげてこう口にした。

「カナリア、予定変更だ！　正攻法でいくぞ」

そう戦士ゴルガノが叫ぶと同時、寄生鎌狂言回し(きょうげんまわ)を展開する。

慌てた俺は〈猛火の剣〉で受け止めるも、力を受け止めきれず、体が壁に激突する。

けど、自分のことより、気にすべきことがあった。

戦士ゴルガノが呼びかけた途端、眠っていたかのように見えた聖騎士カナリアが飛び起きて、勇者エリギオン目掛けて剣を振るったのだ。

「おい、殺されるぞッ！」

慌てた俺はそう叫ぶ。

勇者相手には、普段は敬語で話すことを心がけていた俺だが、緊急事態だしそんなことはどうでもいい。

「ちっ、外したか」

そう呟いたのは、聖騎士カナリアだった。

彼女はベッドに突き刺すように剣を構えていた。その剣の先には、勇者エリギオンの首がある。

「カナリア、これは一体どういうつもりかな？　話を聞かせてくれよ。もしかしたら、何か大きな誤解があるのかもしれない」

剣を突きつけられているというのに、余裕の笑みで勇者エリギオンは対応する。

それに対し、聖騎士カナリアは一言こう口にした。

「問答無用！」

彼女は剣を振るった。

彼女からすれば、ほんの寸分剣を動かせば勇者の首をはねることができるわけだ。

だから、勇者は確実に殺されてしまう。

少なくとも俺はそう思った。

「ガハッ」

その呻き声は、聖騎士カナリアのものだった。

彼女の体は勢いよく壁に激突していた。

「随分と舐められたものだね」

勇者はそう言って、剣を手に取る。

彼はまだ生きていたのだ。

「まさか本当に裏切り者だったとはね」

そう告げた勇者エリギオンは剣を手に取って冷たい視線を投げかける。

その視線の先には、立ち上がろうとしている聖騎士カナリアがいた。さきほど、勇者によって吹き飛ばされた影響だろう。彼女は立ち上がるのに苦労していた。

「それでカナリア。一体、どんな弁明を聞かせてくれるんだい？」

「弁明なんてありませんよ」

「ふむ、納得ができないな。君は、今まで僕に忠義を尽くしてくれた。だから、僕は君のことを一番に信頼していた。なのに、こうして僕に刃を向けたんだ。なにか、尋常ならざる理由がないと、君の行動には説明がつかない。だから、ぜひ理由を聞かせてくれよ」

そう言って、勇者エリギオンは歩み寄ろうとする。

「くふっ、ふふふふふふふっ！」

それに対し、聖騎士カナリアは含み笑いをしていた。

その上、にへらっと笑みを浮かべてから、こう答えた。

「殿下、私はあなたに対して心の底から忠義を持ったことは今まで一度ありませんよ。もし、そう勘違いをされたというなら、それほど私の演技がうまかったということですね！」

聖騎士カナリアの答えに勇者エリギオンは眉をひそめて不快感を示す。

「殿下、この際だから、正直に私の気持ちを教えてあげましょう！　私はあなたのことが、心の底からとーってもとってもとってもとってもとってもとっても大っ嫌いでした！　だから、大人しく殺されてくださいね」

そう口にした聖騎士カナリアは剣を振るう。

けど、勇者エリギオンがその攻撃を一振りで一蹴する。

「どうやら僕には人を見る目がなかったらしい」

そう告げながら。

「よぉ、余所見(よそみ)する余裕なんてないんじゃないのか？」

戦士ゴルガノが唐突に、俺に対して攻撃を仕掛けてきた。

「向こうの加勢をしなくていいのか？」

戦士ゴルガノの攻撃を剣で受け止めながら、俺はそう口にする。

見たところ、聖騎士カナリアと勇者エリギオンの戦力差は歴然としている。聖騎士カナリアがいくらがんばったところで勇者エリギオンを倒すことはできない。けど、戦士ゴルガノと聖騎士カナリアの二人がかりなら、勇者エリギオンを倒せる可能性が多少はあるかもしれない。

「その必要はねぇな」

けど、戦士ゴルガノはそう言いながら、俺に攻撃を続けた。

まるで、聖騎士カナリアなら勇者エリギオンを倒せると確信しているかのような口ぶりに、疑問を覚える。

まぁ、いい。

俺が戦士ゴルガノを引きつけている間に、勇者エリギオンが聖騎士カナリアを倒して、それから二人で戦士ゴルガノを倒せば、俺たちの勝ちだ。

「じゃあ、君が今まで僕にしてくれたことは、全部嘘だったというのかい？」

「はい、嘘です」

勇者エリギオンと聖騎士カナリアはお互いに口論をしながら戦っていた。

「じゃあ、なんで今まで僕に仕えてたんだ！」

「今日の日のためですよ。あなたをこうして殺すために、今まで我慢をして我慢して我慢して我慢して我慢して、我慢して、あなたに仕えてたんです！」

「それだけ、僕のことが憎かったのかい？」

「あははっ。そうですね！　あなたが憎くてたまらないです」

「なんで、そんなに僕のことが嫌いなんだよ！」

「あー、そんなに知りたいなら、教えあげますよ」

ふと、聖騎士カナリアは冷めた口調でそう告げた。

「私、ルナ村の生き残りなんですよ」

「あ……？」

勇者エリギオンは呆然とした声を出した。

ルナ村？　知らない単語に俺は首を傾げる。

「察しが良い殿下なら、もうおわかりでしょう。私がいかにあなたのことが憎いのか」

「う、嘘だ……っ!!　君は、グリシス伯爵家の次女じゃないか！」

「いいえ、正確にはグリシス伯爵家の庶子です。私は不倫相手との間に生まれた子供なんですよ。そういった事情もあって、幼い頃はルナ村のある夫婦に預けられたのです。彼らには大変お世話になりました。今でも、私は彼らこそ本当の両親だと思っています」

「そ、そんなの、今まで、一言も言わなかったじゃないか……」

「言うわけないじゃないですか。言ったら、計画が全て台無しです」

「ち、違うんだ……ッ！　僕は、あのときはまだ子供だった。僕はただ利用されただけで、何も知らなかった……！」

「ええ、殿下がただ利用されただけなのは知っていますよ。とはいえ、そんなことは些細(ささい)な問題です。事実、私を育ててくれた家族があなたの手によって殺されたことに変わりないんですから」

「違う、違う、違うんだ……ッ」

あからさまに勇者エリギオンの様子がおかしくなっていた。

戦意を喪失させたのか、剣を振るうのをやめ、ぐったりとした様子で顔を俯(うつむ)けている。

「おい、殺されるぞ！」

「もう、お前さんの声は届かないよ」

俺の呼びかけに対して、戦士ゴルガノがニタリ、と笑みを浮かべる。

まずい……！　勇者エリギオンがあの調子じゃ、殺されるのは時間の問題だ。

なんとかしないとっ！

「だから、殿下。大人しく死んでくださいね」

ヒュン、と風が切る音が聞こえた。

同時に、血が勢いよく飛び散る。

ガチャン、と勇者エリギオンが握っていた剣が床に落ちた。

「やった……！　やったぞ、ゴルガノ！　ついに殺せた。やっとだ、やっと、殺せた。やったー！私は殿下を殺すことができたんだ！」

「おい、カナリア。喜ぶのは後にしてくれ。次はこいつをなんとかしなくてはならない」

勇者が殺された……。

もう、この状態から逆転することは不可能だ。

なぜなら、俺一人で、この二人を相手にすることはできない。以前の時間軸のように下手に封印されるより先に――。

「くそっ、あいつ死ぬ気だ！」

戦士ゴルガノの声が聞こえる。

それと同時、俺は自分で自分の首を斬った。

◆

「マジか……」

無事ダンジョンに入った直後まで死に戻りしたものの、大きなショックを受けていた。

まさか勇者エリギオンが聖騎士カナリアの手で殺されるとは。

そんなことが起きるなんて予想してなかった。

「だからって、このやり方は間違っていないはずだ」

勇者エリギオンを頼るという方法が間違っているとは思えない。

今回は失敗だったが、何度か繰り返せば、そのうち勇者エリギオンが勝つ未来に巡り会えるはずだ。

だから、もう一度同じ方法を試してみよう。

◆

それから前回の時間軸をなぞるように行動した。

「違う、違う、違うんだ……ッ」

目の前には、狼狽してる勇者エリギオンの姿があった。

それからしばらくして、聖騎士カナリアの手によって、勇者エリギオンは殺された。

あぁ、今回も駄目だった。

そう結論づけた俺は自分の首を剣で斬った。

◆

勇者エリギオンを頼る方法を模索してから、三回目。

なんとか聖騎士カナリアの口から勇者エリギオンが取り乱す原因であるルナ村という言葉を言わせないよう、奮闘するも、

「おい、邪魔をすんなよ」

戦士ゴルガノに組み伏せられたせいで、俺は何もできなかった。

結局、今回も勇者エリギオンが消沈したまま、殺された。

今回も駄目だった。

◆

試行回数四回目。

あらかじめ勇者エリギオンに、聖騎士カナリアがルナ村の生き残りだってことを告げることにした。

事前に知らせておけば、聖騎士カナリアの告白で事実を知ったときのショックが小さくなるんじゃないかと推量したのだ。

だから、ダンジョンの中で聖騎士カナリアと戦士ゴルガノが裏切り者だと告げた後、その事実も伝えた。

「キスカくん、流石にそれ以上言うと怒るよ」

ルナ村の話題を出した途端、勇者エリギオンはあからさまに不機嫌そうな顔をした。

「それでも忘れないでください。聖騎士カナリアはルナ村の生き残りで、それで、勇者様に恨みを持っています！」

「うるさいなッ!!」

ドンッ、と衝撃が走る。

腹を全力で殴られた。

俺はその場で呻きながらも、勇者エリギオンのことを見る。

「いいか、それ以上同じことを言ったら、次は容赦しないからね」

それ以降、勇者エリギオンは俺に対して冷たくなった。

今までの時間軸では、寝る際、部屋の中に入って護衛をする許可をもらえたのに、今回は部屋の中に入ることさえ拒否されてしまった。

どうやら、勇者エリギオンにとって、ルナ村という単語はそれほど禁句らしい。
結果、今まで同様、勇者エリギオンは聖騎士カナリアの手によって殺された。

◆

試行回数五回目、今回も駄目だった。
試行回数六回目、今回も駄目だった。
試行回数七回目、今回も駄目だった。
試行回数八回目、今回も駄目だった。
試行回数九回目、今回も駄目だった。
・・・・
試行回数三十回目、また駄目だった。

◆

試行回数三十一回目。

「今回で駄目だったら、諦めよう」

死に戻りした俺はそんなことを思いながら、またダンジョンの中を歩く。

何度試しても、勇者エリギオンは聖騎士カナリアの手によって殺されてしまう。

今回も駄目だったら、次は他の方法を考えて実践してみよう。

そう決めて、再び勇者エリギオンのいる場所へ赴く。


それからは、今までの時間軸と変わらなかった。

勇者エリギオンに聖騎士カナリアと戦士ゴルガノが裏切り者だと告げる。

「君を全面的に信頼するわけではない。けど、君の『命を懸ける』と言った言葉を尊重しようと思う」

何度も聞いたセリフだ。

「……ありがとうございます」

そう言って、俺は頭を下げた。

それから賢者ニャウの転移の魔法陣でダンジョンの外へ帰還する。

その後、カタロフ村にて何度も経験した戦勝祝いによる宴が開かれた。

「やぁ、キスカくん、楽しんでいるかい？」

宴の席でボーッとして過ごしていると、勇者エリギオンに話しかけられる。

それから勇者エリギオンと他愛(たわい)ない会話をする。

ルナ村のことは一切口に出さない。またルナ村を話題に出せば、激昂するだろうから。

「キスカくん、やっぱり元気なさそうに見えるね」

ふと、勇者エリギオンがそんなことを口にした。

元気がないか……。

確かに、何度も同じことを繰り返しているせいで、疲れているのかもしれない。

「もしかしたら、お酒を飲みすぎたのかもしれません」

「だったら、休んだ方がいいんじゃないかな？」

「すみません、そうさせていただきます」

「別に気にしなくていいんだよ」

勇者エリギオンのご厚意も得たことだし、俺は立ち上がって休む場所を探す。

あのまま宴に参加していると、今度は戦士ゴルガノに話しかけられる。

正直、そのことが憂鬱だった。なんでこれから殺し合う敵と会話をしなければいけないんだか。

だから、誰にも見つからない場所で休もう。

どうせ夜にならなければ戦いは起きないんだし。それまでは、どう過ごしたって問題ないはずだ。

「ここまで来れば、大丈夫かな」

宴の会場から外れた路地裏に来た俺はそう口にする。

ここなら、誰にも見つからない。そう思って、俺は地べたに腰を下ろす。

「ふにゃっ、な、なんで隣に座るんですか!?」

「あ？」

声がしたほうを見ると、そこにはエルフの賢者ニャウが地べたに座っていた。

あまりにも小さかったので、今の今まで気がつかなかった。

「いや、たまたま俺が座った場所に、お前がいただけだ」

「違います！　どう見てもニャウが座っている隣に、わざわざあなたが座ってきたんです！」

「……お前が小さすぎて気がつかなかったんだよ」

「ち、小さい……っ！　ニャウのこと今、小さいって言いましたね！　ふぎゅっ──」

うるさくなりそうだったので、ニャウの口を摑んで喋れないようにした。

それから、もごもごと何か喋りたそうにしていたが、しばらく摑んだままにしておくと、とうとう諦めたのか大人しくなった。

「ようやっと、静かになったな」

そう言って、摑んだ手を放す。

「口を防がれたので、息ができなくなって死ぬかと思いました」

「嘘をつくな。呼吸なら鼻でできただろ」

なんて会話をしつつ、壁に体重を預けて伸びをする。

早く、宴が終わってほしいな。

「なんで、こんなとこに来たんですか……？　まだ、宴の最中ですよ」

「人と会話するのが嫌になったんだよ。だから、逃げてきた」

「そうでしたか」

「お前こそ、なんでこんなところにいるんだよ？」

思い返してみれば、今までの時間軸で宴の最中にニャウを見かけたことがなかったが、まさかこんなところに隠れていたとはな。

「苦手なんです。あぁいう場が」

「それはまたなんで？」

「皆さん、お酒を飲むじゃないですか。だから、ニャウも一緒にお酒を飲みたいのに……」

「いや、子供がお酒飲んだら駄目だろ」

「うわーっ、だからそうやって、ニャウを子供扱いする人が必ず出てくるから嫌なんですよーっ！」

とか言いながら、ニャウは目に涙を浮かべる。

こんなことで涙目になるから、子供扱いされるんだということに、本人は気がつかないんだろうか。

「悪かったって。ほら、これでも飲めよ」

とはいえ、泣かれるとうっとうしいので、自分用に持ち出したジョッキに入ったお酒を差し出す。

すると、ニャウはジョッキを手に取って、お酒を口に含んだ。

「まずいですっ」

そして、感想を一言。

やっぱり子供じゃねーか、と思うが、俺は優しいので口には出さないでおいた。

「な、なんで、ニャウのこと笑うんですか!?」

ニャウに非難されて気がつく。どうやら俺は笑っていたらしい。

こんなふうに笑ったのは、すごく久しぶりな気がした。

「悪かったって、だから機嫌直してくれよ」

ひとしきり笑った後、不機嫌になったニャウをなだめるはめになった。

「別に、怒ってないですよ……」

と言いながらも、彼女は頬をぷっくりと膨らませていた。どう見ても怒っている。まぁ、本人が怒っていないと主張するなら、いいのか。

それにしても、今までたくさんの時間軸を繰り返してきたが、賢者ニャウとこうして話すのは初めてなような。

せっかくの機会だし、彼女のことをもう少し探ってみてもいいかもしれない。

聖騎士カナリアと戦士ゴルガノは裏切り者だったが、彼女はどうなんだろうか？

根拠はないけど、彼女が裏切り者ということは、恐らくないような気がする。

もし裏切り者だとしたら、間抜けな性格が原因で、すぐに露呈してしまいそうだし。

だったら、いっそのこと賢者ニャウに協力を申し出てみてもいいのかもしれない。

「なぁ、ニャウ、ルナ村って言葉に心当たりはあるか？」

いきなり本題に入る前に、聖騎士カナリアが語っていたルナ村について、彼女に尋ねてみることにした。

「ルナ村ですか。あぁ、聞いたことありますよ。昔、魔族に加担したとして粛清された村だった気がします」

あぁ、なるほど、そんな事情があったのか。

恐らく、そのルナ村の粛清に第一王子でもある勇者エリギオンが関わっていたと。だから、聖騎士カナリアは勇者を恨んでいるのか。

「カナリアがどうやらそのルナ村の関係者みたいなんだよ」

「はぁ、彼女は貴族の出身だったと記憶していますが……」

「いや、俺も詳しい事情までは知らないんだけど、カナリアは伯爵と不倫相手との間に生まれた庶子らしくて、それで幼い頃、ルナ村に預けられていたようだ」

「ふーん、そうなんですか」

「それで、どうもカナリアは勇者様に強い恨みを持っているらしい」

「はえー？　そうなんですか？」

エルフのニャウは首を傾げていた。

まぁ、普段の聖騎士カナリアを見ていたら、勇者エリギオンに恨みを持っているなんて思いもよらないだろう。

「どうも、勇者様はルナ村の粛清に関わっていたみたいでな」

「えっと……つまり、カナリアさんにとって、勇者様に親を殺されたも同然というわけですか」

理解が早くて助かるな。だてに賢者をしているだけはある。

「それで、今夜、カナリアは勇者様を殺す計画を立てている。ちなみに、ゴルガノもその協力者だ」

さて、ニャウはどういう反応を示すかな。

もし、彼女が裏切り者でないのなら、協力する姿勢を見せてくれるかもしれない。

「え……？　何を言っているんですか？」

と、ニャウはしかめっ面をしていた。

「カナリアさんが勇者様を裏切るだなんて、そんなことするわけがないじゃないですか」

その上、俺のことを小馬鹿にする。

……やっぱり、信じてもらえないか。

こうなることが予想できたとはいえ、少しがっかりではある。

「ふにゃっ！　にゃ、にゃんでニャウの頬をつねるんですかー!?」

「なんか苛ついたから」

それはそれとして、彼女の頬をつねっておくことにした。

ニャウに期待した俺が馬鹿だった。

◆

真夜中になった。

今までの時間軸同様、これから戦いが起こる。

今度こそ勇者エリギオンを死なせない、と意気込んで何度失敗したことか。

あぁ、正直、今回も成功するとは思っていない。

どうがんばっても、勇者エリギオンが生存する未来を思い浮かべることができないのだ。

こんな心意気では、今回も駄目なんだろう。

「よし、やるか」

ネガティブになっていた感情を叩き直そうと、頬を叩く。

今回で駄目だったら、諦める。

それが、死に戻りしたとき、決めたことだった。もし、駄目だったら、全く別の方法を模索する。

この方法を試すのは、最後なんだから、せめて全力でやろう。

そう決意して、俺は勇者エリギオンの部屋に向かった。


そろそろだな……。

勇者エリギオンが寝ているベッドの近くで、聖騎士カナリアと共に勇者エリギオンの護衛をしていた。

もうすぐ、部屋に戦士ゴルガノが入ってきて、それを契機に戦いが始まる。

「よぉ、元気してたか？」

鍵を静かに破壊して中に入ってきた戦士ゴルガノが俺にそう声をかけてくる。

「最悪な気分だよ」

「あぁ、そうかい。なぁ、悪いが、部屋の外まで来てくれないか？」

「いやだね。俺が部屋の外に出ていった後、勇者様を殺すつもりなんだろ？」

「あぁ、なんだ、俺たちの作戦がバレているのか。まぁ、いい。なら、正攻法でいくぞ、カナリア」

瞬間、聖騎士カナリアが目を開けて、勇者エリギオンに飛びかかる。

同時に、戦士ゴルガノが俺に斬りかかってくる。

聖騎士カナリアの不意の一撃で勇者エリギオンが殺されないことは、今までの時間軸で実証済みだ。

あとは、どうにかして聖騎士カナリアにルナ村という単語を言わせないようにしないと。

「よぉ、余所見する余裕なんてないんじゃないのか？　あんちゃんの相手はこの俺だぜ」

そう言って、戦士ゴルガノが立ち塞がる。

くそっ、なんとしてでも聖騎士カナリアを口封じしたいが、こいつがいるせいで毎回うまくいかないんだ。

何か、突破口があればいいんだが……ッ。

「私、ルナ村の生き残りなんですよ」

という聖騎士カナリアの声が聞こえた。

あぁ、もう終わりだ。これで、勇者エリギオンは戦意喪失した上、殺されるんだ。

だから、今回も失敗だ。

「な、何をしているんですか……？」

それは、あまりにも不意の出来事だった。

扉の前に、ロッドを手にしたニャウが立っていたのだ。

部屋の喧噪(けんそう)を見て、彼女は目を丸くしていた。

「ニャウッ！　勇者を守れッ！」

「は、はいッ！」

そう返事をした、ニャウが詠唱を始める。

賢者ニャウの乱入によって、未来が大きく変わった。もしかしたら、今回の時間軸で勇者を死から救うことができるかもしれない……！

「ちっ、面倒なやつが来やがった」

戦士ゴルガノが賢者ニャウを見て、舌打ちをする。

それと、同時、寄生鎌狂言回しにこう声をかける。

「〈強靭な三つ顎〉」

突如、狂言回しが三つの頭を持つ異形の怪物へと変貌する。

あぁ、そうだった。

戦士ゴルガノは今まで俺に手加減をしていたんだ。

戦士ゴルガノの手にかかれば、俺を瞬殺することなんて他愛もないことだったに違いない。

「くそがぁあああッッ!!」

もしかしたら、今回こそ成功するかもと思ったのに……。

また、失敗だ。

グシャッ、と噛み千切られる音が聞こえる。

〈強靭な三つ顎〉が俺の首に噛みついてきたのだ。

ほどなくして、俺の意識は遠のいた。

◆

「あ……」

目を開ける。

何度も経験したことがある感覚だ。どうやら、また死に戻りしたらしい。

また一からやり直しだ。

そう思いながら、自分の体を起こす。

「あっ、まだ動かないでください。傷が塞がっていないので！」

「え……？」

目の前に広がるそれは、知らない光景だった。

なぜか、俺は森の中で寝かされており、近くに賢者ニャウがしゃがんでいた。

「どういうことだ……？」

「どうって……意識を失ったあなたを、ここまで運んだのですよ。ニャウに感謝してくださいね。ニャウがいなければ、今頃、あなたは死んでいました」

ニャウの説明を聞きながら、自分の首を手で触る。

確か、ここを〈強靭な三つ顎（アジ・ダハーカ）〉に噛まれたんだ。

あっ、まだ傷が残っている。

「あ、触んないでください！　今、治している最中なんですから」

見たところニャウは俺に治癒魔術を施しているようだった。


ようやっと現状を理解できた。

どうやら俺は生き残ってしまったらしい。

「ニャウ。あの後、何が起きたか教えてくれないか？」

「それはかまいませんが……」

賢者ニャウは言いづらいことがあるとでも言いたげに、口をもごもごさせる。

まぁ、何が起こったかは大体想像がつくんだが。

「勇者様は殺されたのか？」

「はい、殺されました。申し訳ないです。ニャウが力不足なばかりに……」

ニャウの力を借りても、勇者エリギオンの死を回避することは不可能だったか。

「それで、魔王ゾーガが復活したのか？」

「な、なんでわかったんですか……!?」

魔王ゾーガの復活を言い当てると、ニャウが目を丸くして驚いた。

「俺は未来の予測を立てるのが得意なんだよ」

「そうなんですか……。そういえば、カナリアさんとゴルガノさんが裏切り者なのも知っていましたもんね」

どうやら彼らが魔王に加担したこともニャウはすでに知っているらしい。

「もしかして、この後なにが起こるのかも知っていたりするんですか？」

そう言われてもな……。

正直、魔王が復活してから、何が起こるかなんて、あまり詳しくない。

けど、一つだけ言えることはある。

「このまま魔王を野放しにしていたら、世界が滅ぶ」

「そうですか……」

ニャウは頷くと、立ち上がって、こう口にする。

「決めました！　たとえ勇者様がいなくなってしまったとしても、ニャウの力で魔王を倒します！」

決意した表情でニャウはそう宣言する。

それを見て、俺は素直にすごいなぁ、と感嘆してしまった。

こんな絶望的な状況なのに、彼女はまだ諦めていないのだ。

勇者エリギオンが殺され、魔王ゾーガが復活してしまった。だから、諦めてまた死に戻りすべきじゃないかという考えが頭をよぎった。

だけど、もしかしたら、彼女ならこの状況を打破できるのかもしれない。

「俺も手伝ってもいいか？」

無意識のうちに、俺はそう口にしていた。

「もちろんです。戦力は一人でも多いほうがいいですからね！」

というわけで、俺と賢者ニャウの二人で魔王討伐に向けて行動を開始することになった。

◆

「ひどいな……これは」

ひとまず、俺たちはカタロフ村に戻った。

けど、村の状況は惨憺たるものだった。多くの家屋が倒壊し、負傷もしくは亡くなっている人が多数いた。

「魔王が復活した後、ドラゴンの群れが村を襲ったのです」

「ドラゴンの群れが……？」

「正直、意味がわかりません。ドラゴンは今まで、魔王に従うことはなかったのに、急に魔王の言うこと聞くなんて……おかしいです」

「そうなのか」

確かに、不思議だ。

ドラゴンは誇り高い魔物と知られていて、誰かに従うことがないというのが一般的な見解だ。

「それで、ニャウ。なんで、わざわざ村に戻ったんだ？」

「馬を調達したいのと、あと、可能ならば、ノクさんと合流できればいいなぁ、と思いまして」

ノク……？　あぁ、あのフードを被った男か。

「ノクって、信用できる人間なのか？」

「恐らく、大丈夫だとは思うんですけどね……。どちらにしろ、彼は相当な実力の持ち主なので、味方してくれるととても頼もしいんですけど」

というわけで、二手に分かれてフード男のノクを探した。

だが、いくら聞き込みしてもノクの目撃情報を得ることができなかった。

結局、ノクに関しては諦めることにした。

代わりに、馬を二頭購入することができた。

この馬があれば、移動が楽になる。

「それでニャウ。これから、どうするんだ？」

「そうですね。ひとまず一緒に戦ってくれる仲間を探そうと思います。勇者がいなくなっても、強い人はたくさんいますから。特に、マスターと呼ばれる方たちが」

「マスターか。確か、上位十名だけがなれるランクだっけ」

「はい、その通りです！」

「確か、勇者エリギオンもマスターだったよな」

自己紹介のとき、そんなことを名乗っていた覚えがある。

「勇者エリギオンは七位。魔王ゾーガは五位だとされています」

魔王が五位ということは、この世には魔王よりも強いやつが四人もいるということだ。

「だったら、序列一位の人だったら、魔王を簡単に倒せるんじゃないのか？」

「そう単純な話でもないのです。序列一位から三位までは、存在が確認されていませんし、序列四位は、少なくとも私たちの味方ではないですね」

「そうなのか……」

「けど、序列九位と十位は少なくとも、私たちの味方なのです！」

九位と十位がいるのか。

それはすごく頼りになりそうだ。

「その九位と十位はどんな人なんだ？」

「九位は大賢者と呼ばれるすごい魔術の使い手で、十位は大剣豪と呼ばれる最強の剣の使い手です」

どちらもすごく頼りになりそうな肩書きだな。

これなら勇者の力を頼らなくても、魔王に勝てるんじゃないのか、と思ってしまう程度に。

「その人たちはどこにいるんだ？」

「大剣豪は王都にいるはず。だから、今から王都に出発しようと思います！」

王都か。

もしかしたら、今更王都に行っても……いや、今は余計なことは言わないでおこう。

◆

移動中、ニャウから大剣豪について詳しく話を聞いた。

名前は大剣豪ニドルグ。

その人は魔王軍に致命的な敗北を与えた『アリアンヌの戦い』にて、最も活躍をした人物とのことだった。

しかし、彼はその戦いで大きな負傷をしてしまったため、敗走した魔王を追うことになった勇者一行にはついていかず、王都に戻って療養をしているらしい。


彼に会うため、王都に来た俺たちは絶句するような光景を見るはめになった。

いや……少なくとも俺は、この未来を知っていた。

そう、王都は魔王と魔王が率いたドラゴンの群れによって、すでに壊滅していたのだ。

別の時間軸で、すでに見たことがある光景だ。

どうやら王都の襲撃を終えた後のようで、魔王やドラゴンの姿はどこにもなかった。

「な、なんなのですか……これは……？」

王都の様子を見たニャウは大きなショックを受けていた。

誰だって、こんな光景を見たら、冷静さを保つことはできないだろう。

「俺は生きてる人を探して救助すべきだと思うが、ニャウはどう思う？」

「そ、そうですね……。生きている人を探しましょうか」

それから俺たちは懸命に生きている人がいないか探した。

結果、一人も見つけることができなかった。

そう、あっけなく一つの都市が滅んだのだ。

「ニャウのせいだ……」

唐突に、彼女が言葉をもらした。

「ニャウがあのとき、勇者様を守ることができていれば……あの二人を止めることができていれば……こんなことにならなかったのに……だから、ニャウのせいだ……」

ニャウは自分を責め始めた。

それも後悔に打ちひしがれたような表情をして。

「おい、大丈夫か……？」

心配になった俺はそう声をかける。

「ニャウのせいだ、ニャウのせいだ、ニャウのせいだ、ニャウのせいだ、ニャウのせいだ、ニャウのせいだ、ニャウのせいだ、ニャウのせいだ、ニャウのせいだ、ニャウのせいだ、ニャウのせいだ、ニャウのせいだ……っ!!」

それからニャウは、壊れたように同じことをぶつぶつと呟く。

「おい、しっかりしろ！」

このままだとまずい、と思った俺はニャウの肩を強く摑む。

すると、ニャウは俺のほうに顔を向けた途端、ゲフッ、と嘔吐した。

俺はビクッと全身を震わせる。

申し訳ないことに、俺は汚いと思ってしまったのだ。

女の子に対して、そんなことを思うのは失礼だと重々承知しているが、感情に嘘をつくことはできなかった。

だから、汚いと思ってしまった俺はニャウから手を離してしまった。

途端、バタリ、と彼女は地面に倒れる。

一瞬、死んだのかと思って、慌てるがそうではなかった。

どうやら、あまりのショックで気を失ってしまったらしい。

◆

「う、にゃ……」

ふと、ベッドで寝ている賢者ニャウが幼さを感じさせる声を発しながら、目をぱちくりと開けた。

「ようやっと、目が覚めたか」

「あ……どこなんですか？　ここは」

「王都にあった宿屋だ。二階は倒壊してたが、一階部分が無事だったので、勝手に使わせてもらっている」

「わざわざニャウを運んでくれたのですね。ありがとうございます」

そう、ニャウが気絶した後、放っておくわけにもいかないので、ニャウを寝かせることができる場所を探して運んだのだ。

「あと、お腹(なか)が空(す)いてるかと思って、食料を調達してきたが食べるか？」

「いただきたいです。あと、お水があると嬉(うれ)しいんですが」

「あー、それならすぐ用意できるはずだ」

確か、井戸が近くにあったはずだから、飲み水をすぐに調達することは可能だった。

水を飲ませた後、ニャウと共に食事をした。

半壊した建物の中に残されていたのを調達したささやかな食事だ。

「なぁ、ニャウ。これからどうする？」

食べながらそんなことを聞く。

「そうですね……」

と、頷いたニャウの表情はどことなく暗い。

「まずは、この王都にいる大剣豪を探すべきだと思うが」

最悪死んでいる可能性もあるが、生き延びている可能性だって十分ある。

だから、まずは大剣豪を探して、合流してから再起を図るべきだ。

そう考えて、口にしたが、ニャウはうんともすんとも言わずにただ黙っていた。

どうしたんだろう？　とか思いながら、ニャウの様子をしばらく窺う。

すると、彼女は口を開けて、一言こう口にした。

「ごめんなさいです……」

と。

それから、彼女は訥々と語り出した。

「王都に来る前に、魔王を倒すと息巻いた手前、すごく申し訳ないんですが……、ニャウがいくらがんばったとしても、この現況を逆転させるのは難しいと思うのです。ニャウには、もう無理だと思うのです。だから、ごめんなさいです。ニャウが全部、悪いんです……」

「でも、大剣豪と合流できたら、まだ魔王に勝てる可能性が」

「大剣豪は恐らく、死んだと思うのです」

「なんで、そんなことが言えるんだ？」

そう問うと、ニャウは人差し指を伸ばして、ステータス画面を表示させた。

「ニャウが、マスターの序列十位に昇格したからです」

確かに、ニャウが見せてきたステータス画面には、マスターの文字と十という数字が見えた。

元々、ニャウのランクはマスターの下のダイヤモンドだったはず。

マスターはその中の上位十名だけがなれる特別なランク。

ニャウがマスターに繰り上げになったということは、言い換えるとマスターの席が一つ空席になったと考えられるわけで。

それが、序列十位の大剣豪が死んだと思う理由か。

「まだ……大剣豪が死んだとは限らないだろ。それに、大賢者もいるんだろ?」

ニャウがマスターになったからといって、大剣豪が亡くなったと断言できるわけではない。他のマスターがいなくなった可能性もある。なんだったら、勇者エリギオンが死んだ時点で、マスターの席が一つ空いたとも考えられるわけで、その結果、ニャウがマスターへと昇格した可能性も十分ある。

だから、そのことを伝えてみるも……。

「そうかもしれないですね……」

と、ニャウは悲痛な面持ちで頷くだけだった。

あぁ、そうか。

彼女がこうなってしまったのは、自分がマスターになってしまったからではない。それは、ただのきっかけに過ぎず、問題はもっと根本的で……。

単に、彼女の心が折れてしまったんだろう。

そりゃそうだ。

都市が滅んだ様を見せつけられて、しかも、魔王の軍勢に立ち向かえる人間はもう自分以外残っていないかもしれなくて……。そんな状況で希望を持って戦える人間なんて、どれほどいるのだろうか。

もう、この時間軸は無理かもしれないな。

唯一の希望であるニャウがこの調子では、魔王を倒すなんて不可能だろう。

だから、早いとこ諦めて、また死に戻りすべきなのかもしれない。

「その、悪かったな……」

「なんで、キスカさんが謝るのですか？」

「俺がもっと強ければ、ニャウにこんな思いをさせずにすんだかもしれない」

「そ、そんな……っ、謝らないでくださいよ。悪いのは、全部ニャウなんですから……っ」

そう言いながら、ニャウは目から涙を零(こぼ)す。

そんなことはない、と否定を口にしたところで、彼女の心には響かないだろう。だから、俺はただ黙っているしかなかった。

◆

「あのう……キスカさん。お願いがあるのですが……」

その後、大剣豪ニドルグを探すべく王都を探し回った見つからず、結局、宿屋に戻って休むことになった。

そして、ベッドへ入ったとき、ニャウが話しかけてきた。

「キスカさん……その、手を繋ぎながら寝たいんですけど、駄目ですか？」

「えっと……」

手を繋いで寝るのは別にかまわないが、それをするには一緒のベッドで寝る必要がある。

「一緒のベッドで寝ないと手を繋ぐのは難しいんじゃないか？」

そう告げるとニャウは「…………」と、黙ってしまった。

なんだか、すごく不憫だ。

出会った当初のニャウは、こんな感じではなかった。

溌剌としていて、自信ありげで、もっとわがままだった。それが今や、すっかりとその影を潜めてしまった。

今の彼女は、ただひたすら鬱々としている。

「ほら、こっちに来いよ」

そんな彼女のお願いを断れるはずもなく、俺はニャウを自分が寝ているベッドに誘導する。

彼女は小柄なため、一人用のベッドに彼女が入ってきても、狭いとは感じなかった。

「手を繋げばいいんだろ」

「ありがとうございます」

彼女は照れ笑いしながら、手を重ね合わせてきた。

そんなニャウのしおらしい姿を見て、なんだか子猫みたいだなぁ、とか思う。子猫みたいにかわいくて、庇護欲をかき立てられる。

「その、キスカさんは、とっても優しいですね」

「……そんなことはないと思うが」

ニャウに優しくした覚えなんてない。

「そんなことあるのです。キスカさんは、優しくして、とっても頼りになるのです」

「そうかな……」

「はい、そうです。その……さっきはあんなこと言いましたが、魔王討伐に向けて、もう少しだけがんばってみようと思うのです」

すっかりニャウの心は折れたと思っていた。だが、彼女は俺が想像していたより、ずっと心が強かった。

「だから、ニャウのことを見捨てないでくれると嬉しいのです」

「俺にできることなら、なんだって協力する」

「ありがとうございます……！」

彼女はお礼を言いながら、目尻に涙を浮かべる。

お礼を言われるようなことなんて、俺は何もしてないんだけどな。

ニャウの心が折れたと思ったときは、この時間軸を諦めて、早いとこ死に戻りしようと思った。

けど、もう少しだけ、彼女に懸けてみてもいいかもしれない。

ニャウの力だけでは、世界を救うのは無理かもしれない。

けど、この時間軸におけるニャウの生き様を俺は見てみたい。

それに、この時間軸を過ごしていれば、アゲハに関する手がかりを摑めるかもしれないしな。

そんな決意を心に秘めながら、俺は眠るのだった。

◆

翌日、俺たちは王都を出発した。

結局、大剣豪ニドルグを見つけることはできなかった。これ以上探しても無駄だと思った俺たちは諦めて、次の目的地に向かうことにした。

次の目的地は、ラスターナ王国の隣国にあるリッツ賢皇国。

リッツ賢皇国はラスターナ王国より領土は小さいが、軍事力に関しては大差ない。

その上、魔術の研究にとても力を入れている国だとニャウは力説した。

そして、序列九位の大賢者の称号を持つ者が、リッツ賢皇国にいるらしい。

恐らく、ドラゴンを率いた魔王軍は次にリッツ賢皇国を襲う可能性が高いんじゃないかと俺たちは結論づけた。

理由は単純で、ラスターナ王国の王都周辺で最も大きな都市がリッツ賢皇国にあるからだ。

それで、魔王軍よりも先にリッツ賢皇国に行って、賢皇国の軍隊と合流。そして、魔王軍を迎え撃つというのが、俺たちが立てた算段だ。


旅の支度を済ませた俺たちは馬に乗って、リッツ賢皇国に繋がる街道をひたすら突き進んだ。

「この村はまだ襲われてはいないみたいですね」

途中立ち寄った村を見て、ニャウがそう口にする。

「今日はもう遅いし、この村で一泊したほうがいいかもな」

「わかったです」

早くリッツ賢皇国に行きたいという気持ちはあるが、もう日が暮れるし、これ以上の移動は危険だ。


それから俺たちは夕飯を食べるべく、酒場に向かった。

「随分と騒がしいな」

入った瞬間、酒場の様子が騒然としていた。

皆、何やら真剣な眼差(まなざ)しで議論し合っていた。

「話を聞いてみたほうがいいかもです」

「そうだな」

そういうわけで、近くにいた人たちから話を聞いてみることにした。

「何かあったのか？」

「あんたたちは冒険者か？」

「あぁ、そうだが」

俺たちは剣やロッドを装備しているので、冒険者だと思われるのは当たり前だろう。

「だったら、魔王軍について何か知っているか？」

「魔王軍が王都を壊滅させたことなら知っているが」

「や、やっぱり、その話は本当だったのか!?」

やはりというべきか、喧騒の原因は魔王軍に関することだった。

「勇者が死んだってのも本当か？」

「あぁ、それも本当だな」

「くそっ、勇者がいなければ、誰が魔王を倒せるんだよ！」

村人はそう言って、拳を机に叩(たた)きつける。

それから、村人たちから色々と話を聞いた。


どうやら王都から逃げ延びた人がいたらしく、その人によって魔王軍が王都を陥落し、勇者を殺したという話が出回ったとのことだ。

最初は、その人の話を誰も信じなかったが、それでも、あまりにも必死な形相で語るため、徐々に信じるようになったのだとか。

そして、決定的になったのが、別のもう一人が魔王軍が進軍しているのを見かけたと訴えながら、この酒場に入ってきたことだった。

この二人の証言により、魔王軍が進軍しているという情報が確かだということになり、それで村人たちはこれからどうするか、議論をしていたらしい。

「とりあえず、王都から逃げ延びた人と魔王軍の進軍を見た人から話を聞いてみるか」

「それがいいと思うのです」

と、ニャウの同意も得られたことだし、早速、当人に話しかけてみる。

「なぁ、あんたが王都から逃げ延びてきたという人か？」

「あぁ、そうだ」

その人は兵士の格好をしているが、全身ぼろぼろな上、怪我まで負っている。そのことが、死に物狂いであの王都から逃げてきたんだということを物語っていた。

「俺たちは魔王の情報を集めているんだが、できれば話を聞かせてくれないか」

「今更、魔王の情報を集めて何ができるっていうんだ……」

「敵を倒すためには、まずは情報を集めることから、と言うだろ」

そう告げると、兵士は胡乱な目で俺たちのことをジッと観察し始めた。

「あんたたち、見たところ希少な装備を持っているな。つまるところ、それなりの実力の持ち主というわけか」

ニャウなんて、傍からみれば幼い少女にしか見えないが、持っている装備品を見れば、ニャウの実力を看破することができるというわけか。

「そういうことなら、王都で何があったか話そう」

それから兵士は王都での魔王軍の襲撃を語り出した。

とはいえ、俺は別の時間軸でその衝撃を目の当たりにしたことがあるので、特段新しい情報を得ることはなかった。

「大剣豪ニドルグについて、何か知っていることはないか？」

「あぁ、あのお方ならすでに亡くなっただろう。なにせ俺は見たんだ。ニドルグ様がドラゴンに果敢に挑む姿を」

「そうだったか……」

やはり、残念ながらマスターのランクを持つ大剣豪ニドルグはすでに死んだ可能性が高いと見てよさそうだ。

「あと、アゲハという少女の名に聞き覚えはないか？」

「……いや、悪いが聞いたことないな」

「そうか。話、聞かせてくれてありがとう。助かったよ」

「俺のほうこそ、あんたたちの役に立てたなら嬉しいよ」

「あ、そうです。お礼ってわけではないですが、お怪我を治させてください！」

そう言いながら、ニャウが兵士の怪我を治癒魔術を用いて治した。

「このままじっとしていれば、治ると思うのです」

「あぁ、ありがとうよ、お嬢ちゃん」

兵士のお礼を聞いた後、俺たちはその場から離れる。

手に入った情報といえば、大剣豪ニドルグの死亡がほぼ確定したというあまり嬉しくない情報だけだったな。

ひとまず、もう一人の魔王軍の進軍を見かけたという人からも話を聞いてみよう。

「あぁ、もちろんいいぜ」

話しかけると、その村人は魔王軍に関して積極的に語り始めた。

聞いたところによると、この村よりも南の街道で、魔王軍の行軍を見かけて、気づかれないようにこの村まで慌てて逃げてきたんだとか。

ちなみに、魔王軍の規模は、千を超えるドラゴンと、万を超える魔族で構成されていたとのことだ。

「お話を聞かせてくれてありがとう」

「あぁ、別にこんぐらい、いいってことよ！」

「もう一つ聞きたいんだが、アゲハという少女の名に聞き覚えはないか？」

「ん……？　いや、聞いたことないな。すまん、力になれなくて」

期待はしてなかったが、やはり、この人もアゲハのことを知らないか。

それから、俺たちは酒場で食事を済ませてから、宿屋へと向かった。

「ニャウ、部屋はどうする？　別々にするか？　それとも……」

「い、一緒の部屋がいいです！」

というニャウの主張により、同じ部屋で寝ることになった。

「ベッドが一つしかない部屋だったか」

部屋の中を見て、そう口にする。

ベッドの数について、もっと確かめるべきだったな。

「また、同じベッドで寝なくてはいけませんね」

ニャウが照れくさそうにそう言う。

ニャウとは、すでに昨日同じベッドで寝た仲だから、今更なんとも思わないが。

「そんなことより、これからの予定について話そう」

「は、はい！」

というわけで、ベッドに腰掛けながら、俺たちはこれからについて話し合った。

「魔王軍の目撃箇所がここより南方ってことは、魔王軍はナトスの町を経由してから、リッツ賢皇国へと攻め入る可能性が高そうだな」

ナトスの町というのは、ラスターナ王国を構成する町の一つで、王都の次に栄えている町でもある。恐らくリッツ賢皇国に行く前に、ナトスの町を襲うことで襲撃に必要な物資を補給するつもりなんだろう。

「この調子なら、明日の朝に出発すれば、魔王軍より先にリッツ賢皇国に着くことができそうだな」

魔王軍は規模が大きいため、移動に時間がかかる上、ナトスの町を経由する可能性が高い。

そのことを考慮すれば、俺たちのほうが先にリッツ賢皇国にたどり着くことができそうだ。

「あ、あのう……ナトスに住んでいる人たちを助けに行かなくていいのですか？」

ニャウにそう言われて初めて気がつく。

そう、俺はなんの疑問も持たずにナトスの住人を見殺しにすることを選んでいたのだ。

ナトスの町に行くより、リッツ賢皇国に行って魔王軍を迎え撃ったほうが勝率が高くなるとか、
そもそも今更ナトスの町を助けに行っても間に合わない可能性が高いとか、色々と見捨てるに至る

理由があったとはいえ、ナトスの町に助けに行くかどうかを考えるぐらいはしてもよかったはずだ。

「ごめんなさいです！　ニャウ、余計なこと言いましたよね……？」

と、ニャウが頭を下げた。

「いや、その……」

なんて返すべきかわからなくて、言葉を詰まらせてしまう。

ニャウが謝る必要なんて微塵もない。それどころか、俺のほうが間違っていたのだから。

「すまん、悪いのは俺だ。ナトスの住人のことをもっと考えなくてはいけなかった」

「キスカさんは何も悪くないと思います……」

「いや、そんなことはない。俺はニャウの気持ちが一番大事だと思っている。ニャウがナトスの町の人たちを助けたいと思うなら、俺はそれに賛同するし、全力で協力をする」

これから魔王軍と戦うのは、俺ではなくニャウだ。俺は精々、その手助けしかできない。

だから、ニャウの気持ちを最も優先すべきだし、彼女が最も戦いやすい環境を整えるのが俺のすべきことに違いない。

「ニャウはキスカさんの言葉に従います」

「いや、それだと意味がない。俺は、ニャウの気持ちを大事にしたいんだ」

「……でも、ナトスの町ではなくリッツ賢皇国に向かうのには意味があるんですよね」

「あぁ、そうだな……」

そう頷いて、俺は説明した。

なぜ、ナトスの町ではなくリッツ賢皇国に行くべきだと思ったかを。

ナトスの町には、大きな兵団はないため、俺たちが行ったとしても、すぐ陥落してしまう可能性が高い。それよりもリッツ賢皇国に行って、大賢者やその兵団と合流して、総力戦に備えたほうが勝てる可能性が高いかもしれない。

それに、今からナトスの町に向かっても、間に合わない可能性もある。

「わかったのです。明日、ナトスの町の人たちには、その……申し訳ないですが……ナトスの町には行かないで、リッツ賢皇国に行きたいとニャウは思うのです」

説明を聞き終えたニャウは納得した様子で、そう主張した。

けど、その表情の裏には悲痛な思いが隠れていることがわかってしまった。

あぁ、俺はなんてことをしてしまったんだろう。

ニャウにナトスの町を見殺しにするという選択を選ばせてしまったのだ。

ニャウのためにと思ってしたことだが、結果的に、より辛い思いをさせてしまっただけだった。

こんなことなら、最初からリッツ賢皇国に行くと俺が無理を通してでも主張すべきだった。見殺しにするという選択はニャウではなくて、俺がするべきだったんだ。

「ごめん、ニャウ」

申し訳なくなった俺は思わずそう口にする。

「な、なんで、キスカさんが謝るんですか……」

そう言いながら、ニャウは目から涙を零し始めていた。

「あれ……おかしいのです。なんで、涙が……」

そう言いながら、必死に目を手でこすって涙をこらえようとするニャウのことが不憫に思えてならなかった。

だから、気がつけば俺はニャウのことを強く抱きしめていた。

彼女のことを少しでも励ましてあげたかった。

それからニャウは俺の腕の中で声をあげて泣き始めた。

彼女はどこまでも純粋で優しい心の持ち主だった。

そんな彼女がとても愛おしかった。

◆

窓から差し込む日差しを感じながら目を開ける。

ふと、胸の辺りに違和感が。

見ると、ニャウが俺に覆い被さるようにして眠っていた。

昨日、泣き疲れて寝てしまったニャウをベッドに寝かせてから、俺も一緒のベッドで眠ったんだ。

そのときはできる限りニャウから離れて寝たはずだが、寝ている間に彼女が俺の上まで移動してきたんだろう。

「温かいな」

彼女の頭を撫でながらそんなことを口にする。

肌から伝わるニャウの体温は小動物のように温かかった。だから、もう少しだけそれを感じたくて、俺はニャウの体を自分のほうへ抱き寄せた。

今は、ニャウのことがたまらなく愛おしい。

けど、彼女に入れ込みすぎるのも危険だとわかっている。

勇者がいないこの時間軸は恐らく世界が滅びる運命をたどる。

また死に戻りしたら、勇者エリギオンが死ぬ前まで時間が巻き戻る。そのとき、今の時間軸でニャウと築いた関係もリセットされるんだろう。

だから、下手に彼女に入れ込みすぎると、それを失ったときのショックが大きいかもしれない。

いや……、たとえそうだとしても、この時間軸だけは俺は彼女のために生きよう。

「お、おはようございます」

ふと、ニャウが目を開けながらそう口にした。

「おはよう。悪い、起こしてしまったか」

「いえ、そろそろ起きようと思っていましたので、問題はないのですが、その……こ、これはどういう状況なのでしょうか？」

とか言いながら、ニャウはもじもじしていた。

あぁ、なるほど。

ベッドの中で、眠っていたニャウを俺が抱きしめている。実に、勘違いされそうな状態だな。

「かわいいから、つい」

「つい、何をしようとしたんですか……!?」

「手を出そうとした」

「ぎゃあああああああッッ!!」

と、叫びながらニャウが俺から離れる。

本当は手を出すつもりなんてさらさらなかったが、試しに言ってみたら、予想以上に嫌がられた。流石に傷つく。

「おい、ニャウ」

「にゃ、にゃにゃにゃにゃニャウのことを食べるつもりですか……っ!?」

名前を呼ぶと、ニャウが震えながら威嚇する。

そんな様子のニャウを見て、心の底からある感情が沸き起こった。

……もっと、虐めてみたい。

出会った頃からそうだ。ニャウを見ていると、なぜだろう時々どうしようもなく虐めたくなるのだ。これが嗜虐心というやつに違いない。

「なぁ、ニャウ」

「は、はい！」

「先にベッドに誘ったのはお前だよな？」

ニャウをできる限り威圧しようと、彼女を見下ろしながらそう言う。

「たしかに、ニャウが一緒の部屋がいいと言いましたけど、それはただ心細かったからで」

「知らないのか？　一緒のベッドで寝るってほぼ誘っているのと同じなんだぞ」

「そ、そうにゃのですか……っ」

呂律が回っていないのか、口調がどこかおかしい。

「ニャウはエルフで大人の女性なんだろう？」

「そうです！　ニャウはエルフで大人の女性なのです！」

「大人なら、このぐらいのこと経験していて当たり前だよな」

「にゃ、にゃぅ……っ」

ニャウはおかしな奇声を発しながら、目を泳がせる。

「そ、そうなのでした！　ニャウは大人です！　だから、このぐらい余裕なのです。なので、キスカさん、ニャウのことをおいしくいただいてくださいッ！」

ニャウが決意めいた表情でそう主張した。

意外にもあっさりと言質を取れてしまったことに、思わず笑ってしまいそうになる。

こうも御しやすいと、他の男に騙されてしまわないか、逆に不安になってくるな。

あと、いただいてくださいって、どういう表現だよ。

「なに、冗談を真に受けているんだ」

いい加減目を覚ませってことで、笑いながら俺はそう指摘した。

「え……？　冗談ですか？」

「あぁ、そうだよ」

そう肯定すると、ニャウは凍りついたかのようにその場から動かなくなり、しばらく観察していると、途端、「はにゃにゃにゃぁ」と謎の奇声を発しながら、全身を真っ赤に染めていた。

どうやら、ようやっと俺に騙されたということに気がついたらしい。

「キスカさんの意地悪ですっ！　意地悪！」

それからしばらく、俺はニャウにポカポカと殴られていた。

身支度を済ませた俺たちは、昨日決めた予定通りに、馬を使ってリッツ賢皇国に向かうことにした。

「乗り心地悪くないか？」

「はい、問題ないのです！」

「なら、よかった」

どうやら魔王軍の動きを察知した他の村人たちも馬を使って避難しようと殺到したため、馬の数が足りず、本当は二頭の馬で移動したかったが、一頭を他の人に譲ることにしたのだ。

結果、一頭の馬に俺が前、ニャウが後ろという感じで二人乗りすることになった。

「あの！　キスカさん！」

「なんだ？」

「その、さっきのことなんですか……」

さっきのこととは、朝、俺がニャウをからかったことだろうか。

「あれは悪かったって、さっき謝っただろう？」

「いえ、そうではなくて……その、ニャウのことをかわいいって言ったのも冗談だったんですか、っていうのを聞きたいなぁと思いまして……」

あぁ、なるほど。そんなことを気にしていたのか。

「いや、それは本心だけど」

「……ッ。それって、ニャウのことをかわいいってキスカさんが思っているってことでいいんですよね！」

「あぁ、そうだな」

そんな念を押すように言うことかな、とか思いながら頷く。

「ふへへっ」

ニャウが気味の悪い笑い声を出していた。この体勢だと、ニャウの表情を見れないのがひどく残念だ。さぞ、気持ち悪いニヤけた表情をしているんだろう。

「ニャウは、あまり自分の容姿が好きではなかったのですが……」

「そうなのか？」

意外だ。なにせ、彼女の容姿は一般的に見てもかわいい部類だと思っていたから。それを好きではないと思うのは、どういうことなんだろうか？

「はい、そうなんです。エルフは不老の種族なので、人間でいうと二十歳（はたち）程度まで成長すると、それ以上は成長をしません。けれど、ニャウは、他のエルフと違ってこの幼い容姿で成長が止まってしまったんです」

「そうだったのか……」

「だから、ニャウはエルフの中でも異端に思われていて、他のエルフとあまり馴染（なじ）むことができなかったんです」

ニャウの過去を聞かされて、思い出したのは自分のことだ。

俺もこの銀髪のせいで、カタロフ村で迫害されていた。

「その、悪かったな」

「なんで、謝るんですか？」

「お前のことを子供だって、からかっただろ。お前がそんなに自分の容姿を気にしているなんて知らなかったから」

「別にそんなことは気にしていないのです。でも、謝るというなら、許してあげないこともないのです」

「そう言ってもらえると助かる」

そう口にしながら、馬をひたすら走らせる。

まだリッツ賢皇国に着くには、時間がかかりそうだ。

すると、後ろのニャウがわざわざお尻の位置をずらして、俺の背中に密着するように座り直してきた。

おかげで、彼女の体温が背中全体に伝わる。

まぁ、彼女の胸はひどくささやかだったので、当たっているだろう胸の感触はよくわからなかったのがまことに残念ではある。

「その、かわいいと言ってくれて、とても嬉しかったのです。おかげで、自分の容姿が少しだけ好きになりました」

「そうか」

けっこう軽い気持ちで『かわいい』と言ったんだけど、存外に喜んでもらえたようで、なによりだ。

「本当に、かわいいやつだな、お前は」

「わぁああっ！　なんですか、急に!?」

「思ったことを口にしただけだが」

「別に、いいんですけど！　でも、心の準備があるので、急に言われるのは困るのです」

「かわいい、かわいい、かわいい、かわいい、かわいい、かわいい」

「にゃぁああああああッッ！　ニャウを羞恥心で殺すつもりですか！」

「おい、暴れるな！　落ちるだろうが！」

そんなふうにふざけながら、俺たちはひたすらリッツ賢皇国へと向かった。

こうしてニャウと戯れることができるのも、今のうちだけなんだろう。リッツ賢皇国に着けば、俺たちは魔王軍と戦うことになる。

◆

リッツ賢皇国の首都、ラリッチモンド。

城郭都市のため、都市の周りは城壁で囲まれている。

魔王軍の侵攻は多くの民に伝わっているのか、ラリッチモンドへ入ろうとする人たちが大勢いた。

そのため、衛兵が城門にて都市に入る者の身元を逐一調べていた。

「そろそろニャウたちの番ですね」

「あぁ、そうだな」

自分たちの番になるまでけっこう長い時間を待たされた。

「お前たち、名は？」

「キスカといいます」

「ニャウなのです」

衛兵の質問に俺たちはよどみなく答える。

「職業は？」

「どちらも冒険者だ」

「ステータス画面を見せられるか？」

「あぁ、もちろんかまわない」

ステータス画面には、様々な個人情報が書かれているが、設定で名前とランクだけを見せられるようにできたはずだ。

確か、これでよかったはずだ。

「なるほど、それなりの腕の持ち主のようだな」

俺のランクを見て衛兵はそう言う。俺のランクはプラチナというそこそこ悪くないものだ。

「もしかして、魔王軍相手に我が軍と共に戦ってくれるのか？」

「あぁ、そのために来た」

「そうか、リッツ賢皇国は勇気ある者を歓迎する。共に、人類のために戦おうではないか」

この衛兵、なかなか粋なことを言うな。

「もちろん、そのつもりだ」

なので、俺はそう答えた。

「はい、ニャウのステータスです」

と、俺の隣に立っていたニャウも同様にステータス画面を見せる。

「な、なんだ、このステータスは!?　ま、まさか、あなたは賢者ニャウ様ですか？」

賢者ニャウ様……？　なんだその堅苦しい敬称は。

「えっと……間違っていないですね」

と、ニャウは居心地が悪そうな表情でそう告げる。

「た、大変失礼しました！　すぐに上長をお呼びしますので、少々お待ちください！」

そう言って、衛兵は慌てた様子でどこかに駆け出す。

「なんか大事（おおごと）になってしまったな」

「あはは……」

ニャウは苦笑いをする。

とはいえ、冷静に考えてみれば、ニャウはマスターという最上級のランクを持っており、しかも勇者と行動を共にしていた。そんなニャウが特別扱いされるのは至極当然のことか。普段のニャウを知っているだけに、いまいち納得はできないが。

「賢者ニャウ様、お待たせしました！　すぐにご案内致しますので！　あぁ、お連れ様もどうぞご一緒に」

上長らしき人物が慌てた様子でやってくる。

どうやら、俺たちはどこかに案内されるようだ。

「なぁ、どこに連れていくんだ？」

「あぁ、実は、あるお方が賢者ニャウ様がこの国を訪れたら、すぐさま自分のもとまで案内するようにとの指示を受けておりまして」

「その、ある方というのは？」

その質問に対し、上長はこう答えた。

「リッツ賢皇国の統括者であり大賢者と賢皇の二つの称号を持つお方、大賢者アグリープス様でございます」

大賢者アグリープス。ランク、マスターの序列九位。

魔王軍に対抗できるかもしれない唯一の人で人類最後の希望。俺たちが探し求めていた人物だ。

◆

大賢者アグリープスは、首都ラリッチモンドの中央にある皇宮にいるらしく、そこまで俺たちは案内された。

皇宮に着くまで、俺たちを歩かせるわけにはいかないと判断されたのか、豪華な馬車まで用意してもらえた。

「なんか緊張してくるな」

ここまで大層な対応をされると思っていなかっただけに胃がキリキリしてきた。

「ど、どどどどどうしましょう、キスカさん!?」

まいったことに、ニャウのほうが俺なんかよりもずっと緊張しているようだ。

「おい、落ち着け」

「だってぇ……ニャウ、絶対怒られるのです」

「そうなのか？」

「勇者様を守れなかった件、絶対なにか言われます」

勇者エリギオンが死んだのは、ニャウの責任ではないとは思うが、他人がどう判断するかは別だもんな。

「まぁ、そのときは俺がなんとかフォローするよ。できるかはわからんけど」

「キスカさんっ！　ありがとうございますのです！」

突然、ニャウが抱きついてきた。

「おい、いきなり抱きついてくるな」

「ええ、いいじゃないですかぁ。それとも、キスカさん照れてるんですか？」

ニャウが上目遣いでそう口にしてくる。その瞳には、見た目にそぐわない大人の色気があった。

実際、ニャウは俺なんかより年上だしな。

まぁ、苛(いら)つくことに変わりはないのだが。

「にゃぁああああッッ!!　にゃんで、頬(ほお)をつねるんですか!?」

「苛ついたから」

「だからって、ひどいです！　キスカさん！」

と言って、ニャウは叫び声をあげながら、ポカポカと俺のことを叩いてくる。

「あの……もう、着きましたが……」

御者が困惑した様子で俺たちのことを見ていた。

どうやら、大賢者アグリープスの住まう皇宮に着いていたらしい。

それにしても、ニャウとのやりとりを他人に見られたのは、少し恥ずかしかった。

◆

「こちらにて、大賢者様がお待ちです」

大きな扉の前まで案内してくれた人がそう言いながら、扉を開けようとする。

隣に立っているニャウの表情を見ると、彼女は緊張した面持ちをしていた。

この扉の先に、大賢者アグリープスがいるらしい。

一体、どんな人なんだろうな。

「よく来たな、賢者ニャウ」

しゃがれた声が聞こえた。

「お久しぶりです、大賢者アグリープス様」

ニャウが頭を下げてそう言う。

あぁ、この人が大賢者アグリープスなのか。

正直、その見た目は大賢者と呼ばれている割には、ひどくみすぼらしい身なりをしていた。整えられていない長髪、目の下のクマ、乱雑に生えている顎髭（あごひげ）、顔色は青白く、病人のようにガリガリに痩せこけている。

服装もまた、国のトップにはそぐわない黒くシンプルな生地。

そのくせ、座っている玉座は金ぴかな装飾が施されている豪華なものだったので、妙なアンバランスを生んでいた。

「このオレに様をつける必要はない。お前もマスターに昇格したんだろう。ならば、このオレと同格だ」

「いえ、ニャウは若輩者ですので、ご遠慮させていただくのです」

「ふん、まぁいい。賢者ニャウ、二人きりで話をさせろ。応接室に来い」

大賢者アグリープスは立ち上がる。

「あ、あのう！」

けど、それをニャウが大声を出して、引き止める。

「大賢者アグリープス様、お願いがあるのです。彼も話し合いに同席をさせてほしいのです」

と、ニャウが俺のことを指し示しながら、そう言った。

「あん？」

大賢者アグリープスは不機嫌そうな声を出しながら、俺のことを見つめた。

まさか、こんな目立ち方をするとは思っていなかっただけに、妙に緊張してしまう。

「初めまして、キスカと申します」

ひとまず、俺は自己紹介をする。

「賢者ニャウ、この者は何者だ？」

「先のカタロフ村の事変において、最も活躍した男です」

「信頼はできるのか？」

「ニャウが最も信頼している人物です」

「そうか。だが、わざわざ話し合いに立ち会わせる理由がわからんな」

大賢者アグリープスの言うことはもっともだ。

俺なんて、彼らに比べたら大した実力のない一介の冒険者だ。ニャウが、わざわざ俺を同席させようとする理由がわからない。

「これはニャウの勘なのですが、キスカさんには話し合いに同席させるだけの価値があると思うのです」

ニャウは迷いのない目でそうはっきりと断言した。

いや、流石に俺のことを持ち上げすぎだろ、と思わないでもない。

「なるほど……」

頷いた大賢者アグリープスは、ジロリと鋭い視線で俺のことを頭から足先まで観察する。こう、値踏みされるように見られるとすごく緊張するな。

「オレにはこの男の価値がわからないが、賢者ニャウの言葉だ。その男の同室も許可しよう」

どうやら、俺も話を聞くことができるらしい。

「それでは、失礼致します！」

テーブルに飲み物が入ったカップを置いた使用人がそう言って、応接室から退室した。

対面には、大賢者アグリープスが。

隣には、賢者ニャウが座っている。

「オレは無駄話をしない主義だから、早速本題から入らせてもらうが、勇者は死んだってことで間違いないんだな？」

「はい、勇者エリギオンは亡くなりました」

ニャウが悲痛な面持ちでそう答える。

「そうか。だが、それだとつじつまが合わないな。なぜ、オレの序列が上がっていないのだ？」

そう言いながら、大賢者アグリープスは自分のステータス画面を表示させた。

そこには、マスターの文字と九位と刻印されていた。

確かに、序列七位の勇者エリギオンが死んだのなら、一つ順位が上がっていないとおかしい。

「それは、ニャウにもわからないのです」

「まぁ、いい。たとえ勇者が生きていたとしても、オレたちの前に姿を現さないのなら、それは死んだも同然だ」

それから、大賢者アグリープスと賢者ニャウはお互いに自分の持っている情報を共有しあった。

カタロフ村で何があったのか。

聖騎士カナリアと戦士ゴルガノが裏切り者で、彼らの手によって勇者エリギオンは命を落としたこと。

王都が魔王軍の手によって、陥落したこと。

その魔王軍はここ、リッツ賢皇国の首都ラリッチモンドに向けて進軍中であること。

恐らく、明日には、魔王軍と開戦する可能性が高いこと。

「なぜ、ドラゴンたちが魔王軍に手を貸したのか、実に不思議だった。本来、ドラゴンという種族は、孤高を好む生き物で、誰かの配下になることはない。実際、『アリアンヌの戦い』では、魔王はドラゴンを率いていなかった」

『アリアンヌの戦い』は、勇者軍と魔王軍の全面対決で、勇者軍が劇的な勝利を挙げた戦いだ。

「それで、うちの斥候隊に調べさせたところ実に興味深いが情報を手に入った。どうやら、魔王軍にドラゴンを従える男がいるらしい」

「ドラゴンを従える男ですか……」

「あぁ、実に不可解な存在だが、彼が一度声をあげると、その彼のもとに無数のドラゴンが集まってくるらしい。彼は自らを龍王と名乗っているとのことだ」

「龍王ですか……」

ドラゴンを自在に操ることができる男か。確かに、龍王の称号が相応しいのかもしれない。

「その龍王と魔王の間に密約があったとのことだ。もし、魔王が勇者を殺すことに成功したら、龍王は魔王の配下になる、というな」

なるほど、魔王がドラゴンを従えているのにはそういう理由があったのか。

それから、大賢者アグリープスとの話し合いは、いかにして魔王軍を迎え撃つかの作戦会議だった。

リッツ賢皇国を守れるかどうかは、賢者ニャウと大賢者アグリープスの二人の働きにかかっているんだろう。

「それにしても、勇者を失ったのは手痛い損失だったな」

「ごめんなさいです……」

しょぼくれた様子でニャウが謝罪を口にする。

「やはり、勇者は魔王を討伐するのに、どうしても必要な存在なんですか？」

今まで、会話に割り込まないようにしていた俺だが、あえて口を挟んだ。

ニャウの失態をこれ以上追及されないように、話題を変えたつもりだ。

「そうだな、勇者には至高神ピュトスの加護があるからな」

それは俺でも知っている有名な伝説だ。

「その勇者の加護というのは、どんな逆境でも必ず勝利を掴むものだと聞いたことがある。本当かどうかはわからないがな。だが、勇者が存在しているだけで、心強いのは確かだ」

どんな逆境でも必ず勝利を掴むか。

そういえば、俺のスキル〈セーブ&リセット〉も勇者の加護なのだろうか？　とはいえ、〈セーブ&リセット〉というスキルがあったとしても、負けるときは負けるので、必ず勝利するという内容とはかけ離れているようだな。

「その、大賢者アグリープス様に一つ、お伺いしたいことがあるのですが」

「ふむ、聞くだけ聞いてやろう」

「アゲハという名前に心当たりはありませんか？」

「……いや、聞いたことないな。その、アゲハというのは重要な人物なのか？」

「そうですね。俺のとても心強い仲間なので、ずっと捜しているんですが、どこにいるのかさっぱりわからなくて」

「そうか。見つかればいいな」

どこか投げやりに大賢者アグリープスはそう言った。

大賢者アグリープスのような人でも、アゲハを知らないのか。ホント、お前はどこにいるんだ？

「大変ですッッ!!」

それは突然のことだった。

扉を乱暴に開けて、そう叫んだ者がいた。

その者は、血相を変えて、部屋に入ってきてこう叫んだのだった。

「魔王軍が我が領土に進軍してきましたッッ!!」

と。

どうやら、戦いはすでに始まったらしい。

◆

魔王軍進軍の報せを聞いて、事態は急展開を迎えた。

大賢者アグリープスは「予想よりも早いな」と愚痴を零しながら、応接室を出ていく。

俺もニャウと共に、皇宮を出て魔王軍を迎え撃つ準備を始める。

すでに、外では大勢の人たちが慌てた様子で走り回っていた。

とはいえ、あらかじめ魔王軍の侵攻を予測していたため、一般人の避難誘導や兵士の配置はある程度は完了しているらしい。

「我々が賢者ニャウ様を命を懸けて護衛致します」

ニャウが配置に着くと、待っていた兵士たちがそう口にした。

ニャウの配置場所は西端の城壁の上。

魔王軍は西からやってくるため、最も激戦区になる可能性が高い場所だ。

ニャウはここ一帯の指揮官も務めることになっている。

だから、兵士たちに一言挨拶を、ということでニャウが口を開いた。

「ニャウは至らぬ点が多くあると思いますが、精一杯戦うつもりですので、よろしくお願いしにゃ――ッ」

大事なとこで噛(か)んだな。

『ふぇえ、キスカさん、どうしたらいいんでしょう』とか言いたげな目で、ニャウが俺のほうを見つめてくる。

仕方がない、俺がフォローするか。

「お前らよく聞け！　ここにいるお方こそ、最強の称号マスターを持つ賢者ニャウ様だ。彼女の魔術があれば、百や二百のドラゴンを簡単に屠(ほふ)ることができる！　わかるか、彼女は俺たちに勝利をもたらす女神だ！　だから、お前ら、全力で彼女を護(まも)れッ!!」

「「うおぉおおおおおおおッッ!!」」

兵士たちは拳を上げて、雄叫(おたけ)びをあげる。

よし、十分士気を高めることができたな。

「キスカさん、流石に言いすぎです。ニャウはそんな強くないですよぉ」

と、ニャウが周りに聞こえないよう小声で俺に訴えてくる。

「こういうのは、少し大げさなぐらいがいいんだよ、賢者ニャウ様」

「むぅ」

ニャウは不満そうに頬を膨らませて俺のことを睨んでいた。

「キスカさんも、ニャウのこと護ってくれますか？」

「あぁ、もちろん命を懸けて護ってやるよ、お姫様」

そう言いながらニャウの頭を撫でる。

「ニャウも全力でキスカさんのこと護ってあげます」

「そうか、期待してるよ」

魔王軍は二手に分かれて進撃してくる。

一つは街道を歩いて進撃してくる魔族で構成された部隊。

もう一つは空を飛ぶドラゴンを使って上空から侵入してくるというもの。ドラゴンの背中には、魔族たちが乗っているため、上空から侵入した後は、ドラゴンの背中から降りた魔族たちがドラゴンと共に、襲撃を開始してくる。


俺たちの役目は、上空から飛来してくるドラゴンを撃ち落とすこと。

うまく撃ち落とすことができれば、ドラゴンの背中に乗っている魔族共々、倒すことができる。

そして、ドラゴンを撃ち落とすには、強力な魔術でないといけない。

そう、賢者ニャウでないとドラゴンを撃墜することはできない。

だから、最も激戦区になるであろう位置にて、ニャウは待機している。

「前方に、魔王軍を確認しましたッッ!!」

誰かがそう叫んだ。

見ると、こちらに飛んでくる無数の影があった。

それはドラゴンだった。

「ニャウ、準備はいいか!?」

「はい、大丈夫です」

そう返事をしながら、ニャウはロッドを手に詠唱を始める。

「ニャウの名のもとに命じる。無尽の強奪者。無力な怒り。心臓でできた鏃（やじり）。塵（ちり）は積もっても塵。12の言霊（ことだま）。脆（もろ）い紅玉。原初の光。死は神の前に不平等。寂滅の差出人。全てを制御する精霊。全ては戯（ざ）れ言（ごと）。四つのエレメンツは下僕になった。大地は不変。真理は不在。足跡は不朽。脈動した血は尽きず。復讐（ふくしゅう）の輪は断ち切られた。我の望みは、ただ一つ。知識を糧に、不死鳥のごとく栄華を。我は篝火（かがりび）の処刑人。さぁ、赤く染まれ。火の魔術、第九階梯（かいてい）、〈獄炎無限掃滅砲（デストリート）〉」

瞬間、巨大な魔法陣と共に、赤い無数の閃光（せんこう）が迸（ほとばし）った。

その閃光はドラゴンへと容赦なく突き刺さる。

「ガウッ」

呻（うめ）き声（ごえ）をあげたドラゴンが地面へと墜落した。

すごい、ドラゴンをこうもあっさりと倒した。

「おい、まだまだ来るぞッッ!!」

兵士の声が聞こえる。

そう、ドラゴンを一匹倒した程度では終わらない。敵は千を超えるドラゴン。次々とドラゴンが襲撃してくる。

「――火の魔術、第九階梯、〈獄炎無限掃滅砲(デストリート)〉!!」

そうやって、ニャウは次々とドラゴンを倒していく。

けれど、いくら倒しても、次のドラゴンがやってくる。

「おい、ドラゴンが街に入ってきたぞ」

いくらニャウが最強の賢者だとしても、一人で全てのドラゴンを撃ち落とせるはずもなく、ニャウの攻撃を掻(か)い潜(くぐ)って、城壁の中へと着地することに成功するドラゴンが現れる。

とはいえ、立ち止まることは許されない。

ニャウは自分の力を振り絞って、可能な限りドラゴンを撃墜していく。

「ニャウ、大丈夫か?」

「は、はい……、だ、だいじょうぶです……」

そう答えるが、どう見ても大丈夫ではなかった。

息は上がっているし、呼吸する度に苦しそうな表情している。さっきから、フラフラと足元がおぼつかない。

魔術というのは使えば使うほど、疲弊していくと聞いてはいたが、想像以上に辛そうだ。

「ニャウ、移動するぞ」

「……ッ！」

ニャウの返事を待たずに、俺はニャウを抱えて、その場を離れる。

瞬間、さっきまでいた場所に、火炎の柱が立ち上った。ドラゴンによる攻撃だ。

「あ、ありがとうです……」

「無理して喋(しゃべ)るな」

そう言うと、ニャウはコクリと頷いて、再び魔術の構築を開始する。

歯がゆいな。

ニャウが苦しい思いをしているというのに、俺は大したことができない。

俺がニャウの代わりになれたらいいのだが、残念ながら俺では空を飛んでいるドラゴンに攻撃することができない。

「〈獄炎無限掃滅砲(デストリート)〉!!」

再び、ニャウが魔術を放つ。

これでまたドラゴンを一匹倒すことができた。


「おい、ニャウ、そろそろ休んだほうがいいんじゃないのか？」

戦いが幕を開けて数時間が経(た)った。

さっきからニャウの様子がどこかおかしい。

目は真っ赤に充血し、指先は小刻みに震え、呼吸が荒い。

「だ、大丈夫です……」

そう言いながら、彼女は魔術を発動させようとする。

「ごはぁ」

瞬間、彼女が口から血を吐いた。

流石に、彼女の体が限界なのが明らかだ。

「おい、流石に、もう休んだほうが――」

だというのに、ニャウは俺の言葉を遮る。

「だいじょうぶですから……。ニャウがやらないといけないんです。こうなったのは、全部、ニャウのせいなんですから……。だから、ニャウは立ち止まるわけにいかないんです……」

壊滅した王都を見たとき、ニャウは「自分のせいだ」としきりに呟いては自分のことを責めていた。まだ、あのときの感情を引きずっていたのだ。

「わかった」

彼女の体を第一に考えるならば、彼女を無理矢理にでも止めるべきなんだろう。

だけど、どんなにボロボロになっても戦おうとする彼女の気持ちを俺は尊重したいと思った。

「俺がお前のことを全力で支える。だから、お前は魔術を放つことだけを考えろ」

「ありがとう、ございます……」

そう言って、ニャウは俺のことをチラリと見ながら、お礼を言う。

本当は、お礼を口にする余裕すらないことがわかっているだけに、そんな彼女のことがとても気高く見えた。

こんな彼女の隣に立つことができて、俺はなんて幸運なんだろうか。

それからも俺たちは戦った。

ニャウは休みなく魔術を放った。

俺はドラゴンの攻撃をかわすべく、彼女を抱えて縦横無尽に移動し続けた。

お互いに疲労困憊（ひろうこんぱい）だ。

周囲では、次々と人々が殺されていく。

それを悲嘆する余裕さえ俺たちにはない。

一匹でも多くドラゴンを殺せ。一人でも多く魔族を殺せ。その気力だけで、俺たちは動き回っていた。

これだけドラゴンを倒しても、戦況は不利なままだ。

倒しても倒してもドラゴンは次々と現れる。

前方でドラゴンの雄叫びが聞こえた。

「グギョォオオオオオオッッ!!」

俺たちを狙っていることは明らか。

スキルの〈挑発〉を駆使しつつ、攻撃を避（よ）け続ける。

避け続けていれば、魔術の詠唱を完了したニャウがドラゴンを倒してくれる。

そう思いながら、攻撃を避けて避けて避けて——

「あれ——？」

気がつく。

さっきから、ニャウの声が聞こえないことに。

すでにニャウは気絶していた。これ以上、彼女が魔術を放つことはできない。

「グゴォオオオオオオオオッッッ!!」

ふと、見ると前方のドラゴンが炎をまとったブレスを放っていた。

あぁ、ここからでは避けることができない。

どうやら、俺たちはここまでのようだ。

「結界の魔術、第一階梯、〈結界〉」

ふと、前方に巨大な結界が出現した。

その結界が俺たちをドラゴンのブレスから守ってくれた。

魔術が使えるはずのニャウはすでに気絶している。ならば、この魔術は一体誰が？

「よく、やった。お前たちのおかげで、ここまで持ちこたえることができた」

そう言ったのは大賢者アグリープスだった。

彼もどう見てもボロボロな姿をしており、俺たちとは違う場所で戦っていたんだと一目でわかる。

「賢者ニャウをまだ死なせるわけにはいかない。だから、彼女を安全な場所まで連れていくんだ。

あとは、オレがなんとかする」

「わかりました！」

俺は頷くとすぐに、安全な後方へとひたすらニャウを抱えて走った。

◆

その後、戦いは大賢者アグリープスやその他の兵士たちの尽力のおかげで、首都ラリッチモンドを防衛することができた。

そして、日が沈み始めると同時に、魔王軍は撤退を始めた。

とはいえ、敗走したわけではなく、恐らく明日、再び攻勢をかけてくるに違いない。

「んにゃ……」

「起きたか!?　ニャウ」

「はい。えっと、ここは……？」

「ここは、ホテルの一室だよ。大賢者アグリープス様がニャウのために用意してくれたんだ。一番いい部屋だって言っていたな」

「そうでしたか……。確かに、言われてみれば豪華な部屋ですね」

十分な戦果を挙げたってことで、国の中で一番高級なホテルの部屋を用意してもらえたのだ。

「それで、戦況はどうなったんですか？」

それから、ニャウが気絶した後、どうなったかを伝える。

ギリギリではあったが、なんとか持ちこたえたこと。

日没と共に、魔王軍が撤退したこと。近くに陣地を構えているため、恐らくそこに魔王軍が駐屯しているであろうこと。

恐らく明日、再び魔王軍が攻勢に出てくるであろうこと。

「明日は今日よりも大規模な軍勢で攻めてくる可能性が高い。だから、明日が山場だろうな」

「そうなんですね……」

ニャウは頷くと、放心した様子で黙っていた。

恐らく、今回の戦争について自分なりに考えているだろう。

「とりあえず、ご飯を食べないか？　お腹が空いただろ」

「確かに、言われてみればお腹が空いた気がします」

それからニャウと共に、配給された食事を口にした。

「少しは元気になったか？」

食べ終わった俺はニャウにそう尋ねる。

「はい、大分元気になりました。これなら、明日も戦うことができそうです」

「そうか、あまり無理はするなよ」

「はい、です」

そう返事したニャウがふと、俺の肩に寄りかかってきた。

「その、以前、キスカさんは未来を当てたことがありますよね？」

「そんなこともあったな」

確か、聖騎士カナリアと戦士ゴルガノの裏切りを事前に伝えたことを言っているんだろう。

「ニャウたちが戦争に勝てるかどうか、キスカさんなら知っているのではないですか？」

「流石に、それは俺でもわからんよ」

そう言いながらも、なんとなくわかっていた。

今日の戦いぶりを見る限り、俺たちが勝つのは難しい。今日はなんとか持ちこたえることができたが、明日は街が陥落する可能性は十分高い。

そして、そのことはニャウが一番よく知っているのだろう。

「あの……キスカさん、ずっと気になっていたことがあるんですが……」

「あぁ、なんだ？」

「アゲハさんって何者なんですか？」

そのことか。

俺は色んな人に、アゲハを知らないか聞いて回っていた。

隣にいたニャウがアゲハのことを気にするのは当然のことだろう。

「そうだな……」

アゲハのことを他人に説明するのはすごく難しく、俺は答えを言いよどんだ。

「アゲハは、もしかしたら、人類を救うことができる最後の希望になるかもしれない。だから、俺はずっと彼女を捜しているんだが、どこを捜しても見つからないんだよ」

「そうなんですね……」

「答えが不満だったか？」

曖昧に答えすぎたかな、と思った俺はそう聞いた。

「い、いえ、そうではなくてですね。てっきり、アゲハさんはキスカさんの恋人なのかなぁって思っていましたので……」

「ははっ、俺に恋人なんていないよ」

俺は笑いながらそう答える。

他の誰かにもアゲハを俺の恋人だと勘違いしたやつがいたような。あぁ、確か、勇者エリギオンだ。

「意外ですね。キスカさんって、かっこいいから、恋人どころかすでに結婚しているのかなと思っていましたので……」

「そういうニャウはどうなんだ？」

「ニャ、ニャウなんかにそんな恋人だなんているわけがないじゃないですか」

「そうか」

あれ？　なぜか、ニャウに恋人がいないと聞いて、俺は安堵(あんど)してしまった。

それから俺もニャウも口を開かなかった。

ただ、静かな時間が続いた。

じれったいなと思いつつも、俺は喋ることができなくなってしまった。なんで、こんな空気になってしまったんだろうか、と考えてしまう。

「あ、あの……！」

静寂を破ったのはニャウのほうだった。

「キスカさん！　お願いがあるのです……っ！」

そう言った彼女の頬はどこか火照(ほて)っていて、目は潤んでいた。

「えっと……その……も、もし、この戦いが終わったら、ニャ、ニャウと、ふにゅぅぅぅぅぅぅぅぅ」

「おい、大丈夫か……」

謎の奇声を発したと思ったら、ニャウはそのまま固まってしまった。額には汗を浮かべているし、よほど緊張しているのだろう。

ニャウが一体、俺に何を言おうとしていたのか。流石に、わかってしまう。

ニャウが俺のことを好きなのはわかっているし、このシチュエーションで好きな相手に何を言うかなんて、一つしかない。

だったら、続きは俺が言うしかない。

「なぁ、ニャウ。俺と結婚するか？」

できる限り冷静さを装って、そう言ったつもりだが、内心、心臓が口から飛び出るんじゃないのかってぐらい、緊張していた。

ニャウが言おうとしていたのが「戦いが終わったら、自分と結婚してくれ」だってことぐらい容易にわかってしまった。

ニャウが「結婚してくれ」と言ったら、迷いなく俺は「はい」と返答するに違いない。

だったら、俺から言ってしまおう。

なにせ、俺はニャウのことが好きだ。

だけど、それ以上に、明日、死地に向かう彼女の願いを叶(かな)えてあげたかった。

「うっ、うぅ……あぅ……キスカさぁああああああん」

突然、ニャウは声をあげて泣き始める。

「おい、泣くなよ」

「ごめんなざいっ。だって、だって……その……っ」

「落ち着け。俺はここにいるからさ、ゆっくり、答えを聞かせてくれ」

そう言うと、ニャウはコクリと頷く。

そして——

「好きです。キスカさんのことが世界一好きです。だから、よろしくお願いします」

そう口にするニャウを見て、彼女に対する感情が爆発してしまった。

「俺もお前のことが好きだ！」

そう言いながら、俺は彼女のことを抱きしめていた。

抱きしめた途端、彼女の体重の軽さに気がつく。

彼女の体は簡単に折れてしまいそうなぐらい細くて、腕を彼女の背中に回しても幾ばくかの余裕がある。

全身で彼女の体温を感じたいと思った俺はもっと強く彼女のことを抱きしめる。

「キスカさん苦しいですよ」

そう言われても、俺は彼女を抱きしめる力を緩めることができなかった。

もう、このまま時が止まってくれたらいいのに。

明日になれば、俺もニャウも恐らく死ぬ。

俺が死んだら、また時間が巻き戻る。

時間が巻き戻れば、俺とニャウの関係はリセットされるに違いない。いや、仮に俺とニャウの関係がリセットされなかったとしても、俺たちが結ばれることはない。

なにせ、俺は百年後の世界から来た人間だからだ。

無事、世界を救えたとしても、いつかは百年後の世界に俺は戻らなければならない。

「なんで、キスカさんが泣いてるんですか……？」

「あ、えっと……」

言われて初めて自分が泣いていることに気がつく。

「嬉しくて泣いているんだよ」

そうじゃないのはわかっていたけど、そう答えるしかなかった。

◆

目が覚める。朝になった。

隣を見ると、ニャウが心地よさそうに寝息を立てて寝ていた。

思わずニャウの髪の毛に手を伸ばす。

髪の毛はとてもさらさらしていた。このままずっと触っていたい。

「あ……キスカさん」

「悪い、起こしてしまったか？」

「いえ、そろそろ起きようと思っていましたので」

そう言いながら、彼女はベッドから這(は)い出(で)ようとする。

「んにゃっ！」

と、叫びながら、彼女はベッドの中に戻っていく。

「どうした？」

「いえ……その、裸だったのを忘れてました」

あぁ、そうだった。昨日、あのまま寝てしまったんだ。

「恥ずかしいのか？」

「……そりゃ、恥ずかしいですよ」

「昨日、あれだけしたのに？」

「うぅー、思い出させないでくださいよー。すごく恥ずかしかったんですからぁ」

とか言いながら、彼女は顔を赤くしながらシーツにくるまる。

「かわいい」

「ちょっ、キスカさん。いきなり、何を。あぁっ」

こうしている今も、刻々と時間は過ぎていく。

間もなく、俺とニャウの最後の戦いが始まろうとしていた。

◆

リッツ賢皇国、首都ラリッチモンド防衛戦二日目。

魔王軍の攻撃は予想通り、日が昇ってからだった。

「ニャウ、調子はどうだ？」

俺とニャウは昨日と同じ配置場所、西側の城壁の上に立っていた。

ニャウとは手を繫いでここまで歩いてきた。今も彼女と手を繫いでいる。

「昨日よりも万全なのです」

「そうか」

ニャウの返事を聞いて安堵する。

「ニャウ、二人で今日を生き延びよう。そしたら、結婚式でも挙げようか」

自分で言っておきながら照れくさかったので、思わず目をそらしてしまった。

トスッ、と胸に何かが当たる。見ると、ニャウが俺に抱きついていた。

「約束ですよ！　絶対に絶対ですからね！」

抱きつきながら彼女はそう主張する。その健気（けなげ）な様がかわいかった。

「あぁ、絶対だ」

頷きながら、彼女の髪を撫でる。撫でながら、彼女の温（ぬく）もりを感じる。彼女を守るのが俺の使命だ。

「前方に、魔王軍を確認ッ!!」

そう叫ぶ兵士の声が聞こえた。

どうやら戦いの狼煙（のろし）が上がったようだ。

◆

序盤は昨日とそう変わらなかった。

ドラゴンによる上空からの襲撃と、魔族で構成された地上部隊による攻勢。

昨日同様、ニャウは上空のドラゴンを撃ち落とす役目を担っていた。

「火の魔術、第九階梯、〈獄炎無限掃滅砲〉」

魔術を放って、ニャウは次々とドラゴンを撃ち落としていく。

昨日よりもドラゴンの数が多いな。

さっきから、何匹かのドラゴンが城壁を飛び越えて街へと侵入していくのを見ながら、そんなことを思う。

「ニャウ、大丈夫か……？」

「はい……まだ、大丈夫です」

そう口にするも、ニャウの表情には疲労が溜まっているのが見て取れた。

このまま持ちこたえてくれればいいのだが。

そう思った、矢先――


上空を高く飛んでいたドラゴンから、何かが落下してくるのを察知した。

落下物がニャウに向かっているのは明らかか。

「ニャウッッ!!」

俺はニャウの体を掴んで遠くへと逃げる。

ドンッ！　と、地響きがした。

さっきまでニャウのいた位置に何かが墜落したのだ。

「お前だな。俺の大事な配下をたくさん殺したのは」

墜落してきた何かは、そう呟きながらニャウのほうへと歩み寄る。

「死ねやッッ!!」

そして、それは大剣を振りかざす。

だから、俺は〈猛火の剣〉を使って、攻撃を受け止める。

「キスカさんッッ!!」

「ニャウは気にするな。こいつは俺がなんとかする」

そう格好つけたはいいものの、果たして俺にこいつの相手ができるのだろうか、という不安がどうしても押し寄せる。

なにせ、目の前にいたのは——

「てめぇごとき雑魚が、俺をどうこうできるわけがないだろ！」

魔王ゾーガなのだから。

「うるせぇ、雑魚はお前だろうが」

「くそがぁっ!!」

〈挑発〉による攻撃誘導。その攻撃を避けつつ、急所を狙って剣を突き刺す。

「ちっ、いてぇな」

そう言って、魔王ゾーガは舌打ちする。

「――は？」

そんなことあるのか？

俺の剣は魔王ゾーガの首を突き刺しているんだぞ。なのに、怪我一つしていないなんて。

「火の魔術、第四階梯、〈焦熱焔(フエゴトリオ)〉!!」

ふと、後方から火の塊が魔王ゾーガに放たれる。

それがニャウの魔術によるものだとすぐにわかる。

「ふんっ、こんな貧相な魔術が俺に効くはずがないだろうが！」

そう言いながら、魔王ゾーガはニャウの放った火の塊をいとも簡単に払いのける。

「ドラゴンを倒せるような魔術を俺にも使ってみたらどうだ？　まぁ、その前に殺すんだけどよぉ」

魔王ゾーガの言う通り、〈獄炎無限掃滅砲(デストリート)〉は詠唱に非常に時間のかかる魔術だ。

ここまで距離を詰められてしまうと、放つ前に殺される。

「それで、どっちを先に殺そうかなぁ」

そう言いながら、魔王ゾーガは近づいてくる。

「よしっ、二人仲良く死ねやぁッッ!!」

そう言いながら、魔王ゾーガは大剣を横に振りかざした。

ニャウを庇(かば)うように、それを剣で受け止める。

「あがぁッ！」

受け止めきれなかった俺は、後方まで勢いよく吹き飛ばされる。

「キスカさん、大丈夫ですか!?」

そう言って、ニャウが心配した様子で駆け寄ってくる。

「逃げろ」

「え？」

「いいから早く逃げろッ！」

勝てない。

どうしたって俺の力では魔王ゾーガに勝つことはできない。

だから、せめて俺にできることはここからニャウを逃がすことぐらいだ。

「嫌なのです」

「え？」

「好きな人を置いて逃げるなんて、ニャウにはできないです」

ニャウはロッドを握りしめて、魔王ゾーガに向き直る。

「これで死ねやぁッ!!」

そう発しながら、迫ってくる魔王ゾーガの姿が。

「ニャウッ！」

駄目だ。このままだと、ニャウが殺される……ッ!!

「結界の魔術、第一階梯、〈結界(エステ)〉」

瞬間、ニャウを守るよう結界が展開される。

見たことがある光景だった。

「魔王の相手はオレがする。だから、お前らは早くこの場から離れろ」

そう、そこにいたのは大賢者アグリープスだった。

「ありがとうございます！　ニャウ、逃げるぞ！」

とっさに、ニャウの手を摑んでその場を離れる。

もしかしたら、大賢者アグリープスなら、魔王ゾーガをなんとかできるかもしれない。

そんな希望を胸に抱く。


グシャリッッ！　と、何かが飛び散る音が聞こえた。

なんの音だろうか、と振り返る。

そこには、体を真っ二つに切り裂かれた大賢者アグリープスの姿があった。

「雑魚がこの俺の前に立つなよ」

そう言ったのは魔王ゾーガだった。

彼の手によって、大賢者アグリープスが瞬殺されたのだった。


「う、嘘だろ……」

絶望という言葉が、今この瞬間を言い表すためにあるんじゃないかと勘違いしそうになる。

足下にはじんわりと広がっている血だまりがあった。

その隣には、大賢者アグリープスだったものが。

死んでるのは誰の目にも明らかだ。

まさか、大賢者アグリープスがこうもあっけなく殺されるなんて、想像もしてなかっただけに、ショックが大きい。

「次はお前だ」

そう言って、魔王ゾーガが人差し指を向ける。

魔王ゾーガの指の先にはニャウの姿が。魔王ゾーガの次の標的がニャウなんだってわかってしまう。

瞬間、頭の中に嫌なイメージを思い浮かべる。

魔王ゾーガの手によって、ニャウが殺されるイメージが。

「いやだ……」

無意識のうちに俺はそう呟いていた。

いやだ……ニャウを失いたくない。

「逃げるぞ」

そう判断した俺はニャウの手を強くひっぱる。

「キスカさん、駄目です！　ニャウが逃げたら、魔王を止める人がいなくなってしまいます！」

けど、ニャウはそう言って応じなかった。

手をひっぱっても彼女は微動だにしない。

ニャウの瞳には、闘志が宿っていた。すでに諦めている俺と違って、彼女は最期まで戦う気なんだ。

「いいねぇッ!!　威勢がいいやつは好きだぜぇ!!」

魔王ゾーガの笑い声が聞こえる。

「だが、お前のような雑魚では俺を止めることはできねぇんだよッッ!!」

そう言って、魔王ゾーガは大剣を大きく振り回そうとする。

「ニャウッッ!!」

叫び声をあげる。

このままだと彼女が殺されてしまう——ッ!!

「水の魔術、第三階梯、〈濃霧拡散(ニーベラ)〉!」

瞬間、ニャウを中心に白い霧のようなものが拡散した。

またたく間に、霧のせいで何も見えなくなる。

すぐ近くにいたニャウの姿も魔王ゾーガの姿も見えない。足下さえ、見えない。ニャウがなぜ、こんなことをしたのか俺には見当もつかなかった。

「キスカさん」

いつの間にか、彼女が目と鼻の先にいた。

「少し頭を下げてくれませんか?」

「あ、あぁ……」

言われたまま俺は頭を下げる。

「——っ」

唇に柔らかい感触。

キスをされたんだと気がつくのに、少しだけ時間がかかってしまった。

実際には、キスをしていた時間はほんの少しだったのかもしれない。けれど、時間が止まったんじゃないかと思うぐらい、長い間キスをしていたような気がした。

「キスカさん、好きです」

唇を離したニャウは息を吐きながら、そう呟いた。

表情を確認しようとして、彼女の顔を見る。その表情は、何かを決意したかのように、唇を引き結んでいた。

彼女がなぜ、こんな表情をしているのか俺には全くわからなかった。

俺も好きだ、と言おうと口を開こうとして、トンッ、と胸に感触が。

彼女が俺のことを押したんだ。

「風の魔術、第四階梯、〈空気噴射（インゼション）〉」

彼女がそう口にした瞬間、体がフワリと宙に浮く。そして、自分の体が真後ろへと引っ張られる。

「ニャウッッ!!」

とっさに、そう叫びながら、ニャウの手を掴もうと手を伸ばす。

指先がニャウの手に触れた。

けれど、彼女は俺の手を取ってくれなかった。

代わりに、彼女は口を動かして何かを告げた。

それが「さよなら」だと気がついたときには、彼女は視界のどこにも存在しなかった。

「あ……」

どうやら、俺はニャウの魔術によって空を飛んでいるようだった。

徐々に俺の体は下降していき、地面へと着地する。着地した瞬間、うまく受け身を取って、なんとか肉体へのダメージを最小限にする必要があった。

何が起きたのか、とっさに理解できなかった。

けど、遠くに首都ラリッチモンドの城郭が見えた。どうやら俺は、城郭の外にある森の中にいるらしい。

ああ、そうか……。

ニャウが俺の命だけでも助けようと、遠くに逃がしてくれたんだ。

そして、自分一人で魔王へと立ち向かおうとしているんだ。

「なんだよ、それ……」

呆然(ぼうぜん)としながら、俺はそう呟く。

こんなの俺は全く望んでいないのに。

「いやだ……」

ニャウとこれっきりなんていやだ。

そんなの俺は認めたくない。

もう一度、彼女と会いたい。

だから、俺は無我夢中で走った。

ニャウともう一度会うために。

◆

ひたすら走り続けた。

走って、走って、息が上がる。

走れば走るほど、体が悲鳴をあげる。

それでも、走るのをやめることはなかった。

ニャウともう一度会いたい。

俺が死ねば、また世界は巻き戻るんだろう。

どの地点まで、時間が戻るかは不明だが、恐らく今までの傾向を考えると、ダンジョンの中、勇者エリギオンがまだ生きている時間まで戻る可能性が高い。

そうしたら、ニャウとの関係はリセットされる。

もう一度、今のニャウと同じような関係を築けるかもしれない。けど、できない可能性のほうが高いような気がした。

なにせ、世界が滅ぶ運命から救ったとき、俺は百年後の世界へ戻らなくてはいけない。そうなったとき、彼女とはもう離れ離れだ。

思い出すのは、吸血鬼ユーディートのことだ。

結局、彼女ともう一度深い仲になることはできなかった。

だから、この時間軸だけなのだ。

俺のことを好きだと言ってくれるニャウは、この時間軸にしかいないのだ。

だったら、俺はニャウのために生きたい。

もう一度、彼女に会って好きだと伝えたい。


こうしている今も、ニャウは魔王ゾーガ相手に戦っている。

いつまで彼女が魔王ゾーガ相手に戦えるかわからない。

少し遅かったせいで、すでに彼女が殺されているなんて可能性だって十分ある。

だから、急げ。

一秒でも早く、彼女のもとへ行くんだ――。

「よぉ、探したぜぇ、あんちゃん」

「随分と遠くまで飛ばされたようだな」

目の前にいたのは、二人。

戦士ゴルガノと聖騎士カナリア。裏切り者の二人だ。

「なんで……？」

思わず、そう呟いていた。

「なんでって、そりゃあ、お前を野放しにしておくと面倒だからだよ」

「主(あるじ)のご意向だ。貴様を捕らえろ、とな。だから、魔王軍に交じって貴様を探していた」

なんで、こんなときにこいつらが俺の前に立ち塞がるんだよ。

「邪魔をすんなよ」

一刻を争うときに限って、なんで俺の邪魔をするんだよ。

「カナリア、殺すんじゃねぇぞ」

「わかっている。殺さないように捕らえればいいんだろ」

聖騎士カナリアが頷くと、寄生剣傀儡回しを手に取って、俺へと突撃してくる。

俺も剣で受け止めつつ、攻撃をする。

聖騎士カナリアとは、たくさんの時間軸で何度も戦ってきた。その経験が、血肉になって俺の中に流れている。

だから、勝てない相手ではない。

そう思いながら、彼女と剣を交える。

この隙に、攻撃をすれば、彼女を倒せるんじゃ——

「余所見はいかんなぁ」

真後ろから声をかけられると同時に、背中に衝撃が走る。

「ガハッ」

血を吐きながら呻き声をあげる。

くそっ、俺の後ろにいたのかよ。

そう、聖騎士カナリア一人相手なら勝てる可能性は十分あった。けど、戦士ゴルガノと二人がかりで来られたら、勝つのは不可能だ。

「なんだ……まだ立つのかよ」

戦士ゴルガノの嘆息が聞こえる。

「邪魔をすんなよ」

「あん？」

「急いで行かなきゃいけない場所があるんだよ。だから、邪魔をしないでくれ」

駄目元で彼らに訴えかけてみる。

「てめぇの事情なんか知るかよ。これ以上、お前を逃がすわけにはいかないんだよ」

ニタリ、と嫌な笑みを浮かべながら、戦士ゴルガノはそう語りかけた。

まぁ、そうだよな。

お前らが話を聞いてくれる連中じゃないことは嫌というほど知っているんだ。

「だったら、お前らをここで殺してやる」

もう俺は、後悔をしたくないんだ。

ならば、俺のすべきことは決まっている――。

◆

「ふんっ、随分と舐(な)められたものだな」

キスカの威勢に聖騎士カナリアが不機嫌そうに鼻を鳴らしていた。

「あまり気を抜くなよ」

油断をしてそうな聖騎士カナリアに、念のため戦士ゴルガノは注意をした。

「あぁ、わかってる」

そう聖騎士カナリアは頷くが、本当に大丈夫なんだろうか。

キスカは油断ならない相手だ。

弱いと思って相手をすると、いつ、こちらの首が刈り取られてもおかしくない。

最初、カタロフ村でキスカと対面したとき、どこにでもいそうな普通の青年だと思った。それなりに腕の立つ冒険者だと聞いてはいたが、本人からは強者のオーラを全く感じない。

だから、特に気にかける必要のない青年。

それが初めて見たキスカに対する評価だった。


けど、戦士ゴルガノが愛用している寄生鎌狂言回(きょうげんまわ)しが、キスカに対してこう口にした。

「嫌な臭いがする」と。

寄生シリーズの武器は、『混沌(こんとん)主義』の主が勇者に対抗するために作った武器だ。

信じられないことだが、勇者は因果律を変えて勝利を手にする、という謎の能力を持っているらしい。

因果を変えるというのが、どういうことなのか、戦士ゴルガノにはよくわからない。だが、その力があれば、無敵に限りなく近いというのは、なんとなくわかる。

その無敵の勇者に対抗するために作られた寄生シリーズは、因果律が変わったことを知覚できるらしい。

知覚できるといっても、はっきりと知覚できるわけではなく、ぼんやりとわかる程度。

その、寄生鎌狂言回(きょうげんまわ)しがキスカを「危険だ」と評価した。

それは、つまり、彼にも因果律を変える勇者の力が備わっているということだ。

意味がわからない。

勇者は、この世界にエリギオン一人だけだ。

そうなるように、『混沌主義』が仕組んだ。

なぜ、キスカに勇者の力が備わっているのか、戦士ゴルガノには見当もつかない。

しかし、勇者はただ殺しても、その因果をねじ曲げてしまう力を持っている。

だから、殺してはいけない。

それが、主の命令だ。


随分と無茶な命令をするもんだ。

戦士ゴルガノはほくそ笑む。

殺さないように相手を負かすのが、どれだけ面倒なことなのか主は知っているのだろうか。

「だから、いい加減くたばってくれよぉッッ!!」

そう言いながら、寄生鎌狂言回(きょうげんまわ)しを振り回す。

「ガハッ!」

呻き声をあげながら、キスカは真後ろに吹き飛ばされていく。

もう何度、彼をこうして痛めつけただろう。

「おいおい、まだ戦う気かよ。いい加減諦めたらどうだ?」

「うるせぇ……」

目の前には、ボロボロになってもまだ立ち上がろうとするキスカの姿が。

もう散々痛めつけた。

本当なら、立ち上がることも難しいはずなのに、キスカはまだ戦おうとしている。

「ゴルガノ、殺さなければいいんだろう？」

「あぁ、そうだ」

「だったら、私に任せろ」

そう言いながら、聖騎士カナリアが寄生剣傀儡回しを手にキスカに近づく。

そして、ザクッ、とキスカの右腕に剣先を突き刺した。

「うへぇ、痛そうだな」

思わず、戦士ゴルガノは身震いする。

それにもかかわらず聖騎士カナリアは何度もキスカに対して、剣を突き刺していく。

「くたばれ！　くたばれ！　くたばれ！　くたばれ！」

そう叫びながら。

気がつけば、キスカはぐったりと倒れたまま微動すらしなくなった。

「おい、カナリア！　やめろッ！」

ヒートアップしているカナリアを、強く制止する。

死んでしまったら最悪だ。

キスカは大量に出血してるし、動く気配もないし、下手したら死んでいてもおかしくない。

だから、慌てて、聖騎士カナリアを止めた。

そう言葉を発した矢先だった。


ガタリ、とキスカが立ち上がった。

あぁ、なんだ生きているのか、驚かせやがって、と一瞬だけ安堵の感情が沸き起こる。

「返せ。それは俺のだ」

ボソリ、とキスカが小声でそう口にした。

言葉の意味が全くわからない。一体、何に対して返せと言っているんだ？

次の瞬間だった。

それは、戦士ゴルガノにとって、全くもって意味不明な行動だった。

キスカが飛び出した。

それも、口を開けて。

その先には、聖騎士カナリアが手にしていた寄生剣傀儡回（くぐつまわ）しが。

まるで、剣を食べようとしている姿に、ひどく困惑する。

なんだ？　何をしようとしているんだ？

寄生シリーズを奪おうとしている？　そんなこと可能なのか？

あぁ、でも、今、手にしている寄生鎌狂言回（きょうげんまわ）しを扱う際に、一度口の中に入れて体内に取り込む必要があったのを覚えてる。

けれど、他人の寄生シリーズを奪うことができるなんて、聞いたこともなかった。

それでも嫌な予感がした戦士ゴルガノは、止めようと手を伸ばすが、すでに、そのときにはキスカの体の中に寄生剣傀儡回しが取り込まれていた。

◆

危険な賭けだったと思う。

百年後ならいざ知らず、この時代では俺はまだ寄生剣傀儡回しと出会っていない。

それでも、この状況を打開するには、これしかないと思った。


目を開けると、異空間が広がっていた。

暗闇の中に炎が点在している異空間。

深層世界。

確か、傀儡回しがこの世界をそう呼んだのを覚えている。

「俺様を起こしたのは、君かい？」

目の前には、傀儡回しが立っていた。

目の前の傀儡回しは、右半身は少女で左半身は化け物の姿をしていた。

この姿は、そうだ、カタロフ村で村人をたくさん食べた傀儡回しが最終的に至った姿だ。

その姿を見て、俺は思わず涙がこみ上げてくる。彼女に会えて嬉しいという思いと申し訳ないという気持ちが混ざっていた。

あのとき、俺は彼女を救うことができなかった。

「あぁ、俺がお前を起こした」

「ふむ、そうかい。それで俺様に、一体どんな用件があって、こんな場所にやってきたんだい？」

「俺に力を貸してほしい」

単刀直入に俺は自分の願いを言った。

もしも、傀儡回しの力を借りることができれば、俺は目の前の困難を解決できるかもしれない。

「アッハハハッ、君、随分とおもしろいことを言うね」

傀儡回しは口を開けて、あからさまに嘲笑する。

「いいかい、俺様のご主人はカナリアという女性だぜ。初見だとつまらない女性だという印象を受けるかもしれないが、接してみると案外これまたおもしろいやつで、俺様はけっこうこいつのことが気に入っているのさ。だから、力を貸してやっているわけなんだけど、見たところ君はカナリアの敵みたいじゃないか。流石に、自分のご主人を裏切るのは、気が引けちゃうよなー」

まぁ、そうだよな。

傀儡回しがとりわけ忠義を尽くすタイプではなかったと思うが、かといって理由もなく裏切る性格でもなかった。

だからといって、諦める気はさらさらない。

なにせ、傀儡回しのことは俺が一番よく知っている。

「なぁ、お前の夢は人間になることだろ？」

思い出す。

彼女はしきりに人間になりたい、と口にしていたことを。

「……なんで、それを知ってる？　俺様、喋った覚えないんだけど」

「いや、喋ったな」

「よく、そんなすぐにバレる嘘をつけるね」

「いや、喋った。なにせ百年後の未来では、俺はお前のご主人だからな」

「……何を言っているんだい？」

傀儡回しは顔をしかめる。

まぁ、こんなこと突然言われたら、不審に思うよな。

「つまり、君は未来からやってきたと主張するわけかい？」

「あぁ、そうだ」

「俺様をからかっているんだとしたら、はっきり言って不快だね。それとも、何か証拠でもあるんかい？」

「証拠もなにも傀儡回しなら、知っているんじゃないか？　例えば、その姿に心当たりはないのか？」

俺は彼女を指さしながら、そう口にした。

深層世界で最初に彼女と会ったとき、もっとぼやけていて造形がしっかりしていない姿をしていた。

なのに、今、目の前にいる彼女の姿は半身が化け物とはいえ、人間に限りなく近い姿をしている。

俺には、その理由がよくわからないが、傀儡回しなら、何か知っているんじゃないだろうか。

「……確かに、時間軸において非常に不可解な事象を観測した。この姿も、それに関連しているんじゃないかと推測してはいるんだけど、その原因が君だと言うのかい？」

「いや、原因は俺ではないな」

恐らく、傀儡回しの言う原因というのはアゲハのことだろう。

「けど、その原因として思い当たる人ならいる」

「……そうかい。まぁ、君の言い分はわかったよ」

「信じてくれるのか？」

「全面的に信じるというわけではないよ。ただ、検討の余地ぐらいならあるって感じかな」

「だったら、俺に力を貸してくれるのか？」

「その結論は随分と浅はかだね。仮に、君が本当に未来で俺様のご主人だとして、今の俺様が君に従う義理なんてどこにもないと思うんだけど」

そう言いながら、傀儡回しはしたり顔をする。

確かに、傀儡回しの言い分には一理ある。未来で俺が主人だからといって、それが今の彼女が俺を助ける理由にはならない。

「わかったなら、とっととこの場から失せてくれよ」

傀儡回しはそう言って俺のことを突き放す。

あぁ、駄目なのか……。

もう、俺には彼女を説得できる材料なんてなかった。

だから、これ以上の説得は難しい。

傀儡回しの力を借りることができれば、この状況を打開できるかもと思ったのだが、その可能性が断たれてしまった。

「…………………」

「なんで、君が泣いているんだよ」

そう言われて、初めて気がつく。

どうやら、俺は泣いていたようだ。

なんで俺は泣いているんだろう？　あぁ、そうか。

「その、悪かったな」

「なにが？」

「お前を人間にしてあげることができなくて……」

未だに鮮明に思い出すことができる。

彼女が違ったと言って、自害をした瞬間を。

俺はどうすれば、彼女を救えたんだろう。毎日あの日のことを思い出しては後悔している。

「俺はいつも失敗してばかりだ。そのくせ、自分一人じゃ、何もできない。それでも、お前がいてくれたから、俺はここまでなんとかがんばれたんだ。なのに、最後にお前の望みを叶えてやることができなかった」

「………」

「その上、お前を人間にしてやろうと決意したのに、結果はこのざまだ。他のことに気を取られすぎて、お前に何もしてやれていない。でも、いつか、時間はかかるかもしれないけど、お前を必ず人間にしてやるから、そのときまで待っていてくれ。頼む……っ」

言いたいことは全部言ったつもりだ。

傀儡回しの力を借りることはできなかったけど、彼女に思いを伝えることはできた。

満足できる結果ではないけど、これが俺にできる精一杯だ。

「それで、どうやったら、この異界から出ることができるんだ？」

ここらが去り際だろうと思って、俺はそう口にする。

思い返せば、この深層世界には何度も足を踏み入れたが、この世界からどうすれば出ることができるのか、俺はよく知らない。

「あー、もう、わかったよ！」

ふと、傀儡回しが声を荒らげた。

「わかった、わかった。協力してあげればいいんだろう、君に。思い返せば、カナリアのことはそんな好きでもなかったし、君に協力してあげたほうが、なにかと利益がありそうだし。だから、君に協力してあげるよ」

「……は？」

傀儡回しが何を言っているのか、よくわからず、俺は思わず呆けた声を出す。

「だから、君に力を貸すと言ったんだよ！」

「ほ、本当にいいのか？」

「だから、そうだって。何回、俺様に言わせる気だい？」

「ありがとう……」

「なんだよ、その感謝の仕方は。なんていうかさ、俺様が力を貸すと言ったんだから、もっとこう、泣いて喜ぶとかしてほしいもんだね」

あぁ、確かに。

未だに現実感がないせいで、どこか困惑しながら感謝してしまったからなのか、素っ気ない感謝になってしまった。

そうか。

傀儡回しが俺に力を貸してくれるのか。

そう思うと、すごく嬉しいような……。

「うおぉおおおおお!!　ありがとうぅううう！　やっぱ、俺はお前のことが好きだぁあああ!!」

「おい、待て！　だからって、抱きつくのは調子乗りすぎだろ！」

と言って、コツンと殴られた。

うん、少し調子乗りすぎたな。

「その、ありがとうな。俺の話を信じてくれて」

「別に、ご主人の話を信じたわけではないんだから」

改めて、俺は傀儡回しにお礼を言う。

「そうなのか？　でも、なんで？」

「なんていうのかな……、ご主人からは嫌いじゃない匂いがするんだよ」

照れくさそうにしている彼女の表情が見えた。

「でも、手を貸す代わりに、ちゃんと約束を守ってくれよ」

「あぁ、わかった。お前を必ず人間にする」

「約束だぜ」

傀儡回しが頷いた瞬間、暗闇だった深層世界に光が差し込む。

そして、殻が破れるように、目の前の光景がバラバラに砕け散った。

気がつけば、俺は外の世界にいた。

「おい、なぜ、貴様がそれを握っているんだ……？」

目の前で聖騎士カナリアが狼狽していた。

あぁ、そうか。ちゃんと約束を守ってくれたのか。

俺の手には、寄生剣傀儡回しが握られている。

「悪いな、カナリア。傀儡回しはもう俺のものなんだよ」

そう、ここからは俺の反撃の時間だ。

◆

「おい、ゴルガノッ!!　これはどういうことだ!?　寄生剣が他人に奪われることなんてあり得るのか!?」

聖騎士カナリアは絶叫していた。

「いや……そんな馬鹿なことが……」

戦士ゴルガノも動揺していた。

こいつらは知らないから、この反応も無理はない。

俺と傀儡回しの間には、特別な絆があるんだよ。

たとえ、傀儡回しにその記憶がなかったとしても、魂には刻まれているはずだ。

「傀儡回し、最初から本気でいくぞ」

『そんなこと言われても……俺様、ご主人の本気ってのを把握していないんだけど』

傀儡回しが脳内に語りかけてくる。

「だったら、俺の言う通りに動け」

『あいよー』

気怠げな返事だが、まぁいい。

「〈脈動する大剣〉」

瞬間、傀儡回しが膨張して自分の身長よりも大きな大剣へと変化する。

やはり、俺の勘は当たった。

やはり、以前手に入れた傀儡回しのスキルはリセットされていない。これなら、全力で戦える。

『待って、ご主人。もしかして、大剣を持つとデバフがかかるスキルを持っていたりする？』

「あぁ、そういえば、〈シーフの技能〉ってスキルを持っていたな」

スキル〈シーフの技能〉は大剣とすこぶる相性が悪い。

おかげで〈シーフの技能〉を持っていなかった頃よりも〈脈動する大剣〉が異様に重たく感じる。

とはいえ、そのデメリットを考慮しても、〈脈動する大剣〉は強い武器なのでなにも問題ないと思ったが……。

『そういうことなら、シーフ用に武器を換装してあげるよ』

「なっ!? そんなことできるのか?」

『ふふんっ、知らないのかい? 俺様って、けっこう優秀なんだぜ』

「あぁ、よく知っているよ!」

『あはっ、そうなんだ! それじゃあ、新しい武器のお披露目(ひろめ)といこうか』

瞬間、傀儡回し(くぐつまわ)の新しい武器の名前が頭の中に浮かんでくる。

そして俺はその名を口にする。

「〈刺刀脈動(さすがみゃくどう)〉」

刹那、〈脈動する大剣〉は別の武器へと変貌した。

それは、シーフ用なだけあって刃渡りは短かい。

色は〈脈動する大剣〉と同様、黒い。

けれど、柄(つか)の部分が顎のような形をしており、その顎が俺の右手を飲み込むことで固定していた。

おかげで、右腕と剣が一体化しており、握る必要はない。

『それで、新しい武器のレクチャーは必要かい?』

「教えてくれると助かるな」

『あぁ、でも残念だね、ご主人。どうやらお相手さんがそれを許してくれないみたいだ』

確かに、聖騎士カナリアが寄生剣傀儡回し(くぐつまわ)とは別の予備の剣を持って、今にも斬りかかろうとしていた。

「返せッ!! それは私のだぁあああああ!」

そう叫びながら、彼女は剣を大きく振りかざす。

「だったら、戦いながら覚えるしかないな！」

そう言って、〈刺刀脈動（さすがみゃくどう）〉で剣を受け止める。

だが、向こうのほうが力が強くこのままだと押し潰されてしまいそうだ。

瞬間、〈刺刀脈動（さすがみゃくどう）〉からいくつもの腕が生えてきては、聖騎士カナリアの剣に摑みかかる。

なるほど、これが〈刺刀脈動（さすがみゃくどう）〉の能力か。

〈脈動する大剣〉の持つ固有能力〈自律機能〉とほとんど一緒。

そのまま、〈刺刀脈動（さすがみゃくどう）〉から生えた腕が俺の体を力強く引っ張る。引っ張られた俺の体は宙に浮いて、その場で縦に回転する。

回転により生まれた遠心力によって、聖騎士カナリアに強力な一撃を与える。

「傀儡式剣技（くぐつしきけんぎ）、車輪斬（しゃりんざん）」

聖騎士カナリアの着ていた鎧（よろい）が真二つに割れ、そのまま彼女は崩れ落ちる。

「なんで……貴様のほうが傀儡回（くぐつまわ）しを使いこなせるんだ……」

悔しそうに彼女はそう呟く。

「悪いな。傀儡回（くぐつまわ）しは俺のものなんだよ」

そう言った瞬間、ガクリ、と彼女の体から力が抜け、そのまま気絶した。

『いいね、ご主人。まさか、俺様をここまで使いこなせるなんて思いもしなかったぜ』

「言っただろ。俺は、お前のことはよく知っているって」

『あはっ、ご主人が未来から来たっていう話を少しだけ信じてあげるよ』

「まだ俺の話を信じてなかったのかよ」

なんて会話をしつつ、もう一人の敵を見やる。

『ご主人、あいつは結構強いぜ』

「あぁ、知っているよ」

そのことは痛いほど身に染みている。

なにせ俺はこいつに何度も殺されている。

「いやぁ、驚いたねぇ。正直、なにが起きているのか今でもわかんねぇよ」

そう言いながら、戦士ゴルガノは俺のことを訝(いぶか)しげに見る。

「だから、嫌いなんだよ。こちとら泥水すすって必死に生きているっていうのによぉ、お前らみたいなのが容易に奇跡を起こして、俺たちのことを虫けらのように踏み潰すんだ」

憎々しげにそう呟く。

その瞳には、強い恨みが籠もっていた。

「うるせぇよ。勝手に被害者面すんな。俺だって、てめぇに散々苦しめられてんだ」

「あぁ、そうかよ」

「で、今なら、諦めて逃げるっていうなら、見逃してやってもいいけど？」

「調子こくんじゃねぇぞ、クソガキが」

そう言って、戦士ゴルガノは寄生鎌狂言回(きょうげんまわ)しに一言命じる。

「〈強靭な三つ顎(アジ・ダハーカ)〉」

瞬間、狂言回(きょうげんまわ)しが三つの頭を持つ異形へと変化した。

「ご主人！　なになに？　なにをすればいいの？」

「あいつを今すぐ、殺せぇ！」

「殺す？　殺すってことは食べていいってこと？」

「あぁ、そうだよ！」

「食べていいの!?　やったぁ！　ちょうどお腹が空いたような気がするんだよね！」

「どんな味がするのかとっても気になるかも！」

〈強靭な三つ顎(アジ・ダハーカ)〉がお喋りをしながら、俺を食べようと、進み出る。

それは、見上げるほど大きく、硬い鱗(うろこ)を持っていて、その上、鋭い牙まである。

『ご主人、俺様、ビビっておしっこ漏らしてしまいそうだぜ』

こんなときだというのに、傀儡回(くぐつまわ)しがしょうもないことを口にした。

お前に尿を排泄する器官なんてないだろうに。

「女の子なんだからさ、もっと上品な言葉を使えよ」

『えぇ……俺様を女の子扱いするって、ご主人、けっこう変わっているね。普通にドン引きなんだけど』

「ドン引きもなにも、お前がかわいい女の子だって、俺は知っているからな」

『……ご主人、あまりそういうことは、軽々しく言うもんじゃないと思うんだよ。なんか、キモい』

「いや、俺はあくまでも事実を言ったまでで――」

『あーあーっ、聞きたくなーい。どうせ他の子にも似たようなこと言ってるんでしょー』

次の瞬間。

前方に、〈強靭な三つ顎(アジ・ダハーカ)〉のうち、一つの顎が突撃してきた。

「あぶなっ」

そう叫びながら、転がるようにして攻撃を回避する。

もう少し反応が遅ければ、とっくに俺は噛み殺されていたに違いない。

「避けられた!?」

「なに外してるんだよー！」

「へたくそー！　へたくそー！」

〈強靭な三つ顎（アジ・ダハーカ）〉が戦闘中にしては呑気（のんき）な会話をしている。

『余所見したら駄目だよ、ご主人』

「そう思ってるなら、話しかけてくるな」

『えー、俺様どうしよっかなー』

なんて会話をしながら、〈強靭な三つ顎（アジ・ダハーカ）〉が次々と繰り出す攻撃を避け続ける。

この程度なら、なんとか避けることができるな。

俺自身のスキル〈シーフの技能〉と〈刺刀脈動（さすがみゃくどう）〉の持つ能力〈自律機能〉を組み合わせれば、どんな攻撃も避けることができそうだ。

『ご主人、攻撃を避け続けても戦いに勝つことはできないんじゃないかと、俺様思うんだけど……』

「んなこと、わかってるっての！」

『だったら、攻撃をしたらどうだい！』

傀儡回（くぐつまわ）しの言うことを聞いたわけではないけど、確かに避け続けても勝てないわけだから、隙を窺って〈強靭な三つ顎(アジ・ダハーカ)〉を斬りつける。

『ご主人、これは……』

「全く効いていないな」

うん、全力で斬りつけたというのに、傷一つついていなかった。

一応、念のため、何回も〈刺刀脈動(さすがみゃくどう)〉で斬りつける。

けれど、何度斬りつけても、〈強靭な三つ顎(アジ・ダハーカ)〉には傷一つつかなかった。

「おい、傀儡回し(くぐつまわし)、どうすればいいんだ!?」

『俺様が解決法を知るわけないだろ！』

「くそっ、肝心なときに使えないな！」

『あぁ、そういうこと言うんだ！　そういうこと言うなら、俺様どうしよっかなー？　協力するのやめよっかなー』

「待て待て待て、謝るから！　謝るから、俺を見捨てないでくれ！　頼む！」

『んーもう仕方がないなー』

会話をしつつも、縦横無尽に駆け回りながら、あらゆる方向から迫り来る〈強靭な三つ顎(アジ・ダハーカ)〉の攻撃を避け続ける。

結局、傀儡回し(くぐつまわし)と会話しても、この状況を打開する突破方法は何も思いつきそうになかった。

「おい、狂言回し(きょうげんまわし)！　いつまで、もたもたしてるんだよ！　早く、あいつを殺せ！」

「そんなこと言われても、こいつちょこまかと動き回るんだもん」

「言い訳なんか聞きたくねぇ！」

「わかったよー、ご主人」

「わかったから、怒らないで」

「怒ると、幸せが逃げちゃうよ」

という、戦闘中にしては呑気な狂言回し（きょうげんまわし）と戦士ゴルガノの会話が聞こえる。

そんな会話を耳にして、俺はこの状況を打開できるかもしれないあることに気がついた。

「傀儡回し（くぐつまわし）、なんで俺はこんなことに気がつかなかったんだろう」

『んー？　どうしたのご主人、随分ともったいぶった言い方をして』

「狂言回し（きょうげんまわし）に攻撃が効かないなら、あいつを狙えばいいんじゃね？」

『おーっ、確かに。言われてみれば、とても当たり前な発想だ』

〈強靭な三つ顎（アジ・ダハーカ）〉に攻撃が通らないならば、その主人である戦士ゴルガノを狙えばいい。

うん、なんとも当たり前な発想だ。

ここから戦士ゴルガノのいる位置まで距離がある上、〈強靭な三つ顎（アジ・ダハーカ）〉が立ち塞がっている。

戦士ゴルガノを狙うのは想像以上に骨が折れそうだ。

「それじゃあ、いくぞ。傀儡回し（くぐつまわし）」

『俺様、本気出しちゃうよー！』

そう言って、全力疾走する。

あらゆる方向から次々と襲いかかってくる〈強靭な三つ顎（アジ・ダハーカ）〉の攻撃を避けて、避けて、避け続けて――。

あと一歩のところで、〈強靭な三つ顎（アジ・ダハーカ）〉の顎が勢いよく、突撃してくる。

それをギリギリで回避しつつ、さらに〈強靭な三つ顎（アジ・ダハーカ）〉の側頭部に、〈刺刀脈動（さすがみゃくどう）〉を突き刺す。

攻撃するために突き刺したのではない。

〈刺刀脈動（さすがみゃくどう）〉の持つ能力〈自律機能〉を使って俺自身を強く押し出してもらうために、突き刺したのだ。

その意図が伝わったのか、〈刺刀脈動（さすがみゃくどう）〉のたくさんの腕が〈強靭な三つ顎（アジ・ダハーカ）〉の側頭部を掴んで、俺のことを強く押してくれる。

結果、俺の体は勢いよく戦士ゴルガノのいる場所まで一直線に射出された。

「くそがぁあああ！　この俺を舐めるなぁああああああッッ!!」

戦士ゴルガノは斧（おの）でもって突撃してくる俺を待ち構える。

それを〈刺刀脈動（さすがみゃくどう）〉で冷静に受け止めては、力を受け流し、その場で縦に一回転、さらに、その回転を利用して斬りつける。

グシャッ！　と、血飛沫（ちしぶき）の音が聞こえる。

俺が戦士ゴルガノを斬りつけたことで発生した音だ。

「俺のほうが一枚上手だ」

「くそがぁ……」

ぐったりと横たわっている戦士ゴルガノが俺のことを恨めしそうな目で見ていた。

すでに戦う気力はないらしく、立ち上がる気配もなかった。

そんな戦士ゴルガノに連動するように、〈強靭な三つ顎（アジ・ダハーカ）〉は動かなくなった末、寄生鎌狂言回し（きょうげんまわし）へと姿を戻した。

ついに、勝てたのか。

思い出すのは、戦士ゴルガノに散々苦しめられた苦い思い出だ。

ようやっと、こいつに勝つことができたのか。

そう思うと、なかなか感慨深いな。

「こんなの認められるかぁ！　なんで、お前みたいクソガキに、この俺が負けるんだよぉ！　俺たちはよぉ、がんばってがんばって、あと少しで、計画が完遂するところだったっていうのに、勇者でもないよくわからない冒険者に、なんで負けるんだよぉ！　こんなのおかしい！　認められるかぁ！」

戦士ゴルガノが喚(わめ)き出す。

どうやら、喚くだけの元気はあったみたいだ。

にしても、随分とひどい文句だ。まさに、負け犬の遠吠(とおぼ)えってやつだろうか。

「認められないか。だったら、まだ見せてない奥の手を見せるしかないよなぁ。そう思わないか、傀儡回(くぐつまわ)し」

『奥の手ってなんだい？　俺様、そんなのに心当たりはないんだけど』

「あれだよあれ。〈残忍な捕食者(プレデター)〉」

寄生剣傀儡回(くぐつまわ)しの第三形態。

〈残忍な捕食者(プレデター)〉。巨大な顎を持った異形だ。

「な、なんだ、これは……？」

流石に、〈残忍な捕食者(プレデター)〉の姿に驚きは隠せないようで、戦士ゴルガノは言葉を失っていた。

「いっただきまぁす！」

そして、〈残忍な捕食者（プレデター）〉は嬉しそうに触手を伸ばして、戦士ゴルガノの体をゆっくりと口へ運んでいく。

「や、やめくれぇえええ！　悪かった！　俺が悪かったから、やめてくれ――」

今更、後悔してももう遅い。

グシャリ、と〈残忍な捕食者（プレデター）〉は戦士ゴルガノの肉体を残虐に噛み砕いた。

「ねぇ、ご主人。これも食べていい？」

「あぁ、うん。いいよ」

ついでに、気絶していた聖騎士カナリアも食べた。

二人食べたことで、傀儡回し（くぐつまわし）がより人間に近づければいいと思ったが、特に変化はないか。

ひとまず、戦士ゴルガノと聖騎士カナリアを倒すことはできたが、俺の戦いはまだ終わっていない。

「傀儡回し（くぐつまわし）、急ぐぞ」

まだ、ニャウは魔王ゾーガと戦っていると思いたい。

だから、一刻も早く彼女のもとに駆けつけなくては。

魔王軍による首都ラリッチモンドの侵攻は未だ勢いが衰えなかった。あちこちで斬撃音やら悲鳴やらが聞こえる。城壁はひび割れて今にも崩れ落ちそうだ。

恐らく、ニャウは城壁の上で魔王ゾーガと戦っているはず。

最悪すでに死んでいる可能性も……いや、最悪な事態を考えるのはよそう。

今は、一刻も早くニャウのもとに行くことだけを考えよう。

そう決意して、俺は走った。

◆

「はぁー、はぁー、はぁー、はぁー」

呼吸するたびに、肩が上下する。

すでに賢者ニャウは疲労困憊だった。

「さっきからちょこまかと逃げやがってうざいんだよ！　もっと正々堂々と戦えや！」

魔王ゾーガが吠えるように挑発する。

さっきからニャウはひたすら時間稼ぎをしていた。

〈濃霧拡散〉による目くらましと〈空気噴射〉による高速移動を利用して、ひたすら魔王ゾーガから繰り出される攻撃を避け続けていた。

魔王ゾーガの攻撃を正面から受け止めようと思ってはいけない。

大賢者アグリープスが魔王ゾーガに一撃で殺されたのは、恐らく彼が魔王ゾーガの攻撃力を甘く見たからだろう。

大賢者アグリープスはこう考えていたに違いない。

まさか、自分の結界が破られるはずがない、と。だから、魔王ゾーガの攻撃から結界を利用して身を守った。

その結果、あまりにもあっけなく結界ごと大賢者アグリープスの体は切り裂かれた。

大賢者アグリープスの張る結界は数多（あまた）いる魔術師の中で最も高い硬度だとして知られている。

それを簡単に破った魔王ゾーガの攻撃力がいかに規格外なのか。

だから、何があっても魔王ゾーガの攻撃を受け止めてはいけない。

けれど、ニャウには攻撃を回避するような技術もなければ、速く移動するのに必要な身体能力もない。

その結果、考え出したのが、〈濃霧拡散（ニーベラ）〉による目隠しと、〈空気噴射（インゼション）〉による高速移動だった。

そういえば、勇者エリギオンが殺されたときも、戦士ゴルガノと聖騎士カナリアに勝てないと判断したニャウは、早々にキスカの体を抱えた状態で、〈濃霧拡散（ニーベラ）〉と〈空気噴射（インゼション）〉を駆使して、あの場を逃げ切ったんだった。

「おいおい、逃げてばかりだとよぉ！　いつまでも決着がつかねぇじゃねぇかぁ!!」

魔王ゾーガが再び挑発する。

バカですね、とニャウはほくそ笑む。

〈濃霧拡散（ニーベラ）〉によって、ニャウ自身も周りの状況がどうなっているのか把握できない。

けれど、魔王ゾーガが声を発すれば、相手の位置を捕捉できる。

「氷の魔術、第四階梯、大寒波（オラフリオ）!!」

詠唱省略。氷の魔術なら、第四階梯までなら詠唱をせずとも魔術を発動することができる。

しかも、〈濃霧拡散（ニーベラ）〉によって、空気中に水分が散っている状態で、〈大寒波（オラフリオ）〉を使うと、通常時よりも威力が倍増する。

狙い通り、視界を覆うほどの巨大な氷が発生した。

その氷は魔王ゾーガを巻き込む。

ガリンッ！　と、氷が斬られる音が聞こえる。

「嘘ですよね……」

目の前の光景に唖然(あぜん)とする。

まさか、たった一振りで巨大な氷を一刀両断するなんて――。

「そこにいたのかぁ」

魔王ゾーガの声が聞こえる。

まずい……っ。

と、ニャウは肝を冷やす。

魔術を発動させたら、その発射地点を予測することで魔術師の位置があらかた予想できてしまう。

すぐに防御態勢を整えないと。

「結界の魔術、第三階梯、〈三重結界(トリニティ・エステ)〉」

三重に重ねた結界を一瞬で構築する。

けれど、魔王ゾーガなら、これでも簡単に切り裂くに違いない。

「風の魔術、第四階梯、〈空気噴射(インゼション)〉」

だから、結界を囮(おとり)にして、自分はその場から可能な限り離れる。

案の定、パリンッ！　と、結界が破られる音が聞こえる。

「くそっ、またちょこまかと逃げやがって！　いい加減うぜぇんだよ！」

苛立(いらだ)った魔王ゾーガの声が聞こえる。

「なぁ、いい加減、正々堂々と戦おうぜぇ！」

魔王ゾーガがそう呼びかける。

対してニャウはいたって冷静だった。

根気よく相手の攻撃を避け続ければ、いつか勝機が見えるはずと考えていた。

「あー、もういいや。そっちがその気なら、こっちにだって手はあるんだ」

魔王ゾーガが意味ありげなことを呟く。

一体、何をするつもりだろうか、ニャウは警戒する。

「本当は部下を巻き込んでしまうからやりたくなかったが、まぁいいや」

嫌な予感がした。

魔王ゾーガは何かとてつもないことをするつもりじゃないだろうか。

そう判断したニャウはできるかぎり距離を取ろうとする。

「邪道式剣技(じゃどうしきけんぎ)、大爆裂破断礫(だいばくれつはだんれき)!!」

魔王ゾーガは持っている大剣を真上に掲げて、そのまま真下へと叩き込む。

途端、地面に大きな裂け目が発生した。

その地割れは徐々に大きくなっていく。魔王ゾーガと賢者ニャウがいた場所は、城壁の上だ。その城壁に魔王ゾーガによる強烈な一撃が加えられたのだ。

結論から述べると、魔王ゾーガの攻撃によって、城壁一帯が崩れ落ちた。近くにいたニャウもりッツ賢皇国の兵士も巻き込んで、城壁はバラバラに砕け落ちる。

「まずいです！」

ニャウは叫ぶ。

このままだと、落下して瓦礫（がれき）に押し潰される。

「風の魔術、第二階梯、〈突風（ラファガ）〉!!」

とっさに風を起こして、なんとか瓦礫を払いのけ、真下にも風を起こしてクッションにすることで安全に着地する。

「よぉ、そこにいたのか」

声のしたほうを見る。

魔王ゾーガが不気味な笑顔を浮かべて、立っていた。

城壁が崩れ落ち、立ち位置が変わったことで、〈濃霧拡散（ニーベラ）〉によって発生した濃霧がない場所まで、強制的に引きずり下ろされていた。

「おらぁッ!!」

魔王ゾーガが突撃してくる。

ニャウは焦燥する。今更、〈濃霧拡散（ニーベラ）〉を使っても、もう隠れることはできない。

だったら――

「結界の魔術、第三階梯、〈三重結界（トリニティ・エステ）〉」

身を守るように結界を張る。

「はんっ、そんな結界張っても意味ねぇことぐらい、知っているだろうがぁ！」

そんなこと言われなくてもわかっている。

だが、ニャウにはこれぐらいしかできることがなかった。

「お願いです……っ」

祈るように、ニャウはそう呟く。

その祈りを冷笑しながら、魔王ゾーガは大剣で結界を叩き割ろうとする。


パリンッ！

その音は、結界が割れた音ではなかった。

「あぁん？」

一瞬、何が起きたのか理解できなかった魔王ゾーガは呆けた声を出す。

そう、砕けたのは魔王ゾーガの持つ大剣のほうだった。

「ニャウが意味もなく逃げ回っていたと思っていたのなら、それは大きな間違いです」

ニャウはそう言いながら、ほくそ笑む。

「一番最初に、あなたの大剣に〈脆弱化(フラヒー)〉という魔術をかけておいたのですよ」

そう、魔王ゾーガと戦い始めたときに、こっそりと〈脆弱化(フラヒー)〉という武器が壊れやすくなる魔術を大剣にかけておいたのだ。

一般的な武器なら、〈脆弱化(フラヒー)〉を使った瞬間に壊れるのだが、流石魔王の使う大剣なだけあって、今の今まで壊れなかった。だから、壊れるまで、ひたすら攻撃をかわし続ける必要があったというわけだ。

とはいえ、もう少し壊れるのが遅かったら、致命傷を負っていたに違いないから、心底運がよかったな、と思う。

「これで、あなたの攻撃力は大幅に弱体化しました。だから、ニャウの勝ちです」

「うるせぇ!!」

そう言って、魔王は大剣の代わりに、おのれの拳を叩き込もうとする。

しかし、そこにはニャウによって張られた〈三重結界〉が。

いくら魔王といえども、拳で結界を壊すなんて、不可能——。

「へ?」

今度はニャウが唖然とする番だった。

なにせ、目の前で、いとも容易く〈三重結界〉が魔王の拳によって叩き割られたのだから。

「大剣が壊れたのは驚いた。だが、たかがそれだけのことだ。てめぇみたいな雑魚相手に、武器なんて必要ねぇんだよ」

そう言いながら、魔王ゾーガはニャウのお腹に拳を叩き込む。

「ごふぉッ!」

低い呻き声が出る。

次の瞬間には、ニャウの体躯は城壁の壁へと叩きつけられる。

だが、それで許してくれないのが魔王ゾーガだった。一瞬でニャウのいる場所まで移動し、回し蹴りをする。

「ぐあぁッ!」

再び、ニャウは悶絶しながら、地面を勢いよく転がっていく。

全身に激痛が走る。あまりの痛みで気を失いそうだ。

まずい……、早く立たないと、また攻撃を受けてしまう。

そう思って、脚に力を入れるも、うまく力が入らない。脚の骨が盛大に折れているのが明らかだった。

このままだとまずい、と判断したニャウはとっさに魔術を構築する。

「ち、治癒の魔術、第一階梯、〈治癒〉……」

「おい、何やってんだぁ？」

見上げると、目の前に魔王ゾーガが立っていた。

「あ……あぁ……」

か細い悲鳴をあげてしまう。

これから、さらに痛めつけられると思うと、恐怖で青ざめる。

「死ねぇ！」

魔王ゾーガは横たわっているニャウに対して、足を上げて真下へ振り下ろした。

地面に割れ目ができ陥没する。

上からの衝撃でニャウの体は大幅に反る。

ニャウのか細い体はすでに全身ズタズタだった。

◆

「よぉ、生きているか？」

魔王ゾーガはそう呼びかけながら、横たわるニャウの頭を掴んでは乱暴に持ち上げた。

「あ……ぅ」

ニャウにはすでに抵抗できるだけの力がないのか、なんの反応も示してくれなかった。

それが魔王ゾーガにとって、心底つまらなかった。

だから、ニャウの頭を握り潰すつもりで握力を強める。

瞬間、頭に割れるような痛みが発生する。

「あぁあああああ！　あぁあああああああああああああ——ッッッ!!」

たまらずニャウは悲鳴をあげる。

「ふはははははッ！」

それが、魔王ゾーガにとってたまらなくおもしろかった。

けど、ある程度時間が経つと、ニャウは人形のように声を発しなくなった。

死んだか？　と、魔王ゾーガは思う。

死んだなら、もう用はない。

だから、ニャウの体を乱暴に放り投げる。

放り投げられたニャウの体躯は地面を滑るように転がっていった。

さて、厄介な賢者ニャウを潰すことはできた。

城壁が壊れたことで、魔王軍は次々と、街の中へと侵入していく。この街が陥落するのも時間の問題か。

すでに、魔王ゾーガは勝利を確信していた。

「……まだ、です」

「あん？」

ふと、振り返る。

そこには、立ち上がろうとしているニャウがいた。

けれど、立つことさえ難しいようで、ロッドを杖代わりにして、なんとか立ち上がろうとして苦心していた。

すでに、満身創痍なのは明らかだ。

あちこちから、血は出ているし、骨が折れているのか、骨格がところどころ歪だ。

「まだ、ニャウは、負けていないです……」

そう言って、彼女は立ち向かってこようとしていた。

とはいえ、なんの脅威も感じなかった。

彼女なら、威力が高い魔術を放つことができるかもしれない。けど、この距離なら、自分がニャウの息の根を止めるほうがずっと早いことがわかっていた。

だから、魔王ゾーガはニャウの近くまでゆっくり歩く。

どうやらニャウの目が使いものにならなくなっているようで、これだけ近づいているというのに、ニャウが魔王ゾーガの存在に気がつく気配がなかった。

「死ね」

魔王ゾーガは躊躇なく、拳を全力で振るった。

ニャウにとどめを刺すため。

「——あ？」

空振った。

そこに、ニャウがいると思った場所を全力で殴ったはずなのに、なんの手応えも得ることができなかった。

「間に合ったな……」

ふと、そんな声が聞こえる。

離れた位置に、ニャウの体を支えているキスカが立っていた。

ニャウの頭は朦朧としていた。

その上、体中がズキズキと痛みを発している。

痛みが激しいせいか、さっきから体の感覚がなかった。

その上、視界はぼやけていて、まともに周囲を見ることができない。

それでも戦わないと……。

その言葉がニャウに呪いのように襲いかかる。

自分がここで諦めたら、大勢の人が死んでしまう。それに、こうなった原因は全部自分にある。

あのとき、勇者エリギオンを守ることができてさえいれば、こんなことにはならなかった。

だから、自分には戦う責務がある。

そう思いつめるニャウは、なんとか立ち上がろうとする。

脚は思い通りに力が入らなかった。

それでも、ロッドを使って、無理矢理にでも立ち上がろう。

立つことさえできれば、戦うことができるはずだ。そう信じて。

「死ね」

ふと、声が聞こえた。

どうやら目の前に魔王ゾーガがいたらしい。

これだけ近くにいたのに、気がつかないぐらいニャウは消耗していた。

あぁ、そうか。自分は死ぬのか。

もうニャウには抵抗できるだけの力がなかった。だから、死ぬのは必然だと思った。

瞬間、走馬灯のように頭に色んなことが浮かび上がる。

両親のこと、幼少期を過ごしたエルフの森のこと。魔術を学ぶため、学校に通ったこと。冒険者として、様々なダンジョンを攻略したこと。勇者エリギオンに誘われて仲間たちと共に、魔王討伐のために戦ったこと。

けど、そんなことより、キスカのことが色濃く思い出される。

振り返れば、ニャウにとって、キスカと過ごした時間は長い人生のおいてとても短い時間だった。

恐らく、キスカがいなければ、ニャウの心はとっくに折れていて戦えなかったに違いない。

だから、ニャウがこうして立っていられたのも、キスカのおかげだ。


キスカさん、ありがとうなのです。


心の中でお礼をする。

キスカと出会って、ニャウはたくさんの好きと出会った。

好きって、感情を知らなければ、灰色の人生だっただろう。

キスカと出会えたから、自分は幸福の中で死ねるのだ。

でも、わがままを言うなら、もう一度だけ、彼に会いたかった。

「間に合ったな……」

そんな声が聞こえた。

それは、ニャウにとって信じられない出来事だった。

だって、彼はここにはいるはずのない人間だ。

わざわざニャウがキスカを戦線から離脱させた。それは、キスカに生きてほしいと願ったからだ。

なのに、なんで戦場の、それも魔王のいる場所まで戻ってきたんだろう。

「な、んで……？」

だから、ニャウはそう問うていた。

「好きな人の傍にいたいから」

キスカははっきりとそう告げていた。

その瞬間、ニャウは気がついてしまった。

やっぱりニャウはこの人がどうしようもなく好きなのだ。

◆

よかった……。

ホントによかった。

ニャウはまだ生きている。すでに、全身ボロボロでいつ死んでもおかしくないぐらい痛めつけられているけれど、生きていただけでもよかった。

「誰だ、お前は？」

魔王ゾーガが俺を見て尋ねる。

すでに、何度も顔を合わせているはずなのに、俺のことを覚えてないかのような反応だ。どうやら俺のことなんて眼中になかったらしい。

「キスカだ。名前ぐらい覚えてくれると嬉しいね」

「そうか。だが、悪いな。雑魚の名前は覚えない主義なんだ」

「そうかよ」

苦笑する。

ニャウのことで頭がいっぱいで何も考えずに魔王の前に出てきてしまったが、果たして俺にこいつとやり合うだけの力はあるんだろうか。

『ご主人。忠告いいかい？』

「なんだ、傀儡回し」

『あいつには勝てないから、諦めることを推奨するぜ』

「……そうかよ」

恐らくそうだろうとは思っていたが、改めて傀儡回しに言われると、流石にそのことを認めざるを得ないな。

「ニャウ、一つお願いしてもいいか？」

「はい、なんですか？」

耳を貸すニャウに、俺はある魔術を使ってもらうようお願いする。

「わかりました」

頷いたニャウはロッドを握りしめてこう唱えた。

「水の魔術、第三階梯、〈濃霧拡散〉」

瞬間、ニャウを中心に濃霧が発生する。

「チッ、めんどくさいことをしやがって！　クソがぁッ‼」

また濃霧に隠れられると困るとでも思ったんだろう。魔王ゾーガは舌打ちしながら、突撃してくる。

濃霧が完全に覆い尽くすまで、ある程度のタイムラグがある。

だから、最初の一撃だけはどうしても受け止めなくてはいけない。

魔王ゾーガの拳を寄生剣傀儡回しでなんとか受け止める。が、魔王ゾーガの拳はあまりにも重く、このままだと自分が押し潰されてしまいそうだ。

だから、受け止めるのではなく、攻撃を受け流すことに全力を注ぐ。

なんとか、攻撃を受け流すことができた。

あとは、全力で霧の中へと身を隠すだけ。

すでに、城壁が崩されたことで、大勢の魔王軍が町の中へと侵入していった。その上、ニャウが魔王ゾーガと交戦している間に、上空からのドラゴンの侵入を止める者がいなくなったため、ドラゴンが上空からは襲撃し放題だった。

ゆえに、すでに首都ラリッチモンドは陥落したと言っても過言ではなかった。

今更、抵抗しても、その事実は変えられない。

だから、俺にできることは、ニャウを抱えて敗走することだった。

◆

「くそがぁ！」

魔王ゾーガは苛立ちのあまり吠える。

霧の中を探したが、すでにキスカとニャウはどこにもいなかった。

すでに、逃げられたんだろう。

あの男はどうでもいいが、ニャウをこのまま逃がすと、なにかと面倒くさそうだ。

とはいえ、あれでは遠くに逃げることも難しいだろう。

「命令だぁ！　ドラゴンも魔族も手が空いているやつ全員で、逃げたエルフの魔術師を捜せッッ!!」

こっちにはまだ戦うことのできる戦力が大量に残っている。

恐らく、見つけるのは時間の問題だ。

◆

「とりあえず、ここまで来れば大丈夫か……」

森の中まで無事逃げ切ることに成功した俺は腰を下ろした。

流石に、体力を使いすぎた。

「おい、ニャウ。大丈夫か……？」

とはいえ、俺なんかよりもニャウのほうがずっと心配だ。

彼女を地面に寝かせて声をかける。どう見ても、このままだと死んでしまいそうなぐらいの重傷を負っている。

「キスカさん、ニャウはもう駄目かも、しれないです……」

ニャウが口を開いたと思ったら、弱気なことを言う。

「いや、怪我を治す魔術を使えば、まだ……」

「これでも、すでに使っているのです」

そう聞いて、思わず顔がこわばる。

治癒魔術を使った形跡がないぐらい、彼女は満身創痍だった。

「ここまでの重傷を負ってしまうと、ニャウの魔術では治すのが難しいのです。もう少し魔力が残っていれば、完治できたかもしれませんが、今のニャウにはほとんど魔力が残っていないので」

「まさか、最後に〈濃霧拡散(ニーベラ)〉を使わせたから、魔力が切れたんじゃ……」

魔王ゾーガから逃げるために、ニャウにお願いをして〈濃霧拡散(ニーベラ)〉を使ってもらった。まさか、そのせいでニャウの魔力が足りなくなったんじゃないかと考える。

「いえ、それは関係ないのです。〈濃霧拡散(ニーベラ)〉は大して魔力を消費しない魔術ですから、あの魔術を使っても使わなくても、どっちみちこうなる運命でした」

そう言って、ニャウは顔をほころばせる。

なんで、こんなときに笑うことができるんだよ。

「恐らく、ゾーガは配下を使って、すぐにニャウたちのことを見つけるはずです」

そんな馬鹿な、と言おうとして言葉が詰まる。

遠くからドラゴンの咆哮(ほうこう)が聞こえる。俺たちを捜すために森の中を徘徊(はいかい)しているようだった。

「ニャウにはもう満足に戦えるだけの魔力が残っていません。歩くこともできないニャウはお荷物にしかならないのです。だから、ニャウのことを置いてキスカさんだけでも逃げてください。恐らく、魔王の目的はニャウだけだと思うので、キスカさんだけなら見逃してくれるかも」

「いやだ……」

ニャウを置いて逃げるなんて考えられない。

「いやだ、いやだいやだいやだ。ニャウを置いて逃げたくない」

そう言いながら、俺はぽたぽたと涙を地面に落としていった。

「わがまま言わないでくださいよ……」

そう言って、ニャウは困った顔をしていた。

「いやだ……俺はニャウと一緒がいいんだ」

「その言葉だけで十分です」

そう言って、彼女は俺の頬に手を伸ばす。

たまらず、俺はその手を握りしめる。

ニャウの手はとても冷たかった。

その冷たさが、ニャウの死期が近いことを示しているような気がして、より涙がこみ上げてくる。

「あの……少し突拍子もないことを聞いてもいいですか？」

こんなときに一体なにを言い出すんだろうと思いながら、話を聞く。

「もしかしたら、キスカさんってこの苦境を逆転させる方法をお持ちなんじゃないですか？」

それが、俺のスキル〈セーブ&リセット〉のことを指しているんだろうことは暗にわかってしまった。

「なんで、そんなことを……？」

「いえ、なんというか、ただの勘ですが、キスカさんには何か隠し事があるのではないのかなと思っていましたので」

そうか。どうやら、ニャウには俺のことが全てお見通しだったらしい。

「俺には、勇者の力がある。その力を使えば、全部なかったことにできる」

「全部というのは、勇者エリギオンの死をもですか？」

「断言はできないけど、恐らく」

そう言うと、ニャウはなにか考え事をしているかのように口を真一文字に結ぶ。

「信じられないか？」

「そんなことはないです。なんというか想像以上だったのでけっこう驚いていたのです」

「けど、ニャウとせっかく築いたこの関係もなくなってしまうから」

それがどうしても嫌だった。

せっかくニャウとこうして恋人以上の関係になれたのに、その事実を全て失ってしまうのが。

「キスカさん、好きです」

突然、好きと言われて心臓が跳ね上がる。

何度も聞いた言葉だが、やはり照れくさい。

「俺もニャウのことが好きだよ」

そう返すと、ニャウは俺のことを見て、こう口にしていた。

「キスをしてください」

「あぁ」

ニャウは体を起こすこともできないほど、弱っていた。

だから俺は、横になっている彼女の頭を持ち上げて彼女の顔の位置を高くしてその唇に、キスをした。

彼女の唇は小さくて、ぷっくりとしていた。

「もう一回」

彼女がそう言うので、俺は黙って言う通りキスをする。

「もう一回」

また俺は彼女にキスをする。

「もう一回」

もう一回、もう一回、彼女はそう何度も言って、俺にキスを要求した。

俺は彼女の要求にひたすら応え続ける。

そして、何度目かのキスを終えて――

「もう一回、いや、何回目でも、ニャウはキスカさんのことを好きになることを誓います」

そう言われて、胸が熱くなる。

俺はこれから何回、時間をループするかわからない。

もしかすると、今回も途方もない回数をループするはめになるかもしれない。

そのたびに、彼女は俺のことを好きになると言ってくれたのだ。

「あぁ、俺も――」

そう言いかけた途端、カクリ、と彼女の全身から力が抜け落ちた。

「おい、ニャウッ！」

揺さぶるも、彼女は眠りに落ちたかのように、彼女はなんの反応も示さない。

「いやだぁ、いやだぁ、いやだぁ、いやだぁ、いやだぁ……っ！」

何度も何度も彼女の体を揺さぶるも、なんの反応も示さない。

「あぁ……っ、あぁ」

そんなこと、認めたくなかった。

だから、何度も確認して、違うってことを証明したかった。

けど、何をしても、その事実は変わらなかった。

ニャウはすでに、息をしていなかったのだ。


どれほどの時間、俺はその場で慟哭(どうこく)していただろう。

ニャウの亡骸(なきがら)を抱えながら、俺はその場を動くことができなかった。

「こんなところにいたのか」

声がしたほうを振り返ると、そこには魔王ゾーガが立っていた。

さらには、俺たちを取り囲むように、魔族やドラゴンが多数いた。すでに包囲されているらしく、逃げ場はどこにもない。

もう、どうでもいい。

殺すなら、好きなように殺せ。

「おい、その女をよこせ」

魔王ゾーガはそう言って、手を伸ばす。

それは駄目だ。

ニャウを渡すわけにいかない。

だから、魔王ゾーガの手を叩いて払いのける。

「ちっ、まぁいい。どうせ、魔王ゾーガは、お前も殺すんだし」

そう言いながら、魔王ゾーガは剣を握る。その剣は、以前持っていた大剣とは見た目が異なっていた。

その剣を魔王ゾーガはなんの遠慮もなく勢いよく振り下ろした。

血飛沫で視界が赤くなる。

その血は全部、俺のものだった。

エピローグ

目を開けると、何度も見た光景が広がっていた。

なんの変哲もないダンジョンの中だ。

ここにいるってことは今までの死に戻りと同様、勇者一行たちとカタロフダンジョン内に転移した直後まで死に戻りしたということか。

「最初からやり直しか……」

そう思うと、憂鬱になる。

ニャウと築いた関係は全てリセットされたからだ。

今のニャウは俺に対する好感度はほぼゼロと言っても過言ではないはずだ。

とはいえ、勇者エリギオンが死ぬ直前まで戻れたと考えれば、少しは希望があるのかもしれない。

前回の時間軸で、勇者エリギオンの力なしで魔王ゾーガを倒すのが難しいんだってことを痛いほど思い知らされた。

大賢者アグリープスも賢者ニャウも、魔王ゾーガ相手では歯が立たなかった。

まずは、勇者エリギオンが死なないように、うまく立ち回ろう。

何度も繰り返したことで、十分過ぎるほどの経験が俺の中にはある。それらを活(い)かせば、今度こそ世界が滅びる運命から回避できるはずだ。

そう決意した俺は、一歩足を踏み出す。

瞬間、予想外な出来事が起きた。

それは、今まで何度も繰り返してきた時間軸では起こり得なかったこと。

こんなこと微塵も予想していなかっただけに、大きな衝撃を受ける。

だが、同時に、今まで何度かこういうことがあったことを思い出す。

そうだった。

アゲハという少女は、いつも神出鬼没だった。

「あぁあー、やぁーっと事象に干渉できた」

それは、気怠げな様子でそう呟く。

突然、目の前にアゲハが現れた。

ずっと、彼女のことを捜していたからか、嬉しさがこみ上げてくる。

けど、すぐに彼女という存在が危険だということを思い出して、慎重にならなくてはと自戒する。

どっちだ……？

詳しいことはよくわからないが、どうにもアゲハという人間は二人存在するらしい。

一人は温厚な性格のアゲハ。

もう一人はいつも激情にかられているアゲハ。後者のアゲハに俺は勝手に、黒アゲハと命名している。

「で、なんで、お前、ここにいるの？　おかしいよね？」

そう言って、アゲハは鋭い眼光で俺のことを見ていた。

その眼光を見て、目の前の少女が黒アゲハのほうだと理解する。

「えっと」

問われた質問に返そうと口を開いた瞬間だった。

「知らない女の臭いがする」

彼女はボソリと呟く。

恐らく、ニャウのことを言っているであろうことは明らかだった。

「まーた、新しい女を作ったの？」

そう言って、彼女はニッ、と不気味な笑みを浮かべる。

「あ……、えっと」

黒アゲハの威圧に気圧されてしまった俺は、なんの言葉も口にすることができなかった。

何を言っても、彼女を怒らせてしまうんじゃないだろうか。

「とりあえず、一回死のうか」

彼女は笑顔だったが、目は全く笑っていなかった。

あぁ、どうやら俺は一回死ぬらしい。

そう思った矢先、彼女は持っていた剣で俺のことをズサリ、と突き刺した。

▽▽▽▽▽▽▽▽▽▽▽▽▽▽▽▽▽▽▽

GAME OVER

もう一度挑戦しますか？

▼『はい』　『いいえ』

▷▷▷▷▷▷▷▷▷▷▷▷▷▷▷

◁◁◁◁◁◁◁◁◁◁◁◁◁◁◁

『はい』が選択されました。

セーブした地点から再開されます。

▷▷▷▷▷▷▷▷▷▷▷▷▷▷▷

ダンジョンに潜むヤンデレな彼女に俺は何度も殺される 2

2023年6月25日　初版第一刷発行

著者　北川ニキタ
発行者　山下直久
発行　株式会社KADOKAWA
〒102-8177　東京都千代田区富士見2-13-3
0570-002-301（ナビダイヤル）
印刷・製本　株式会社広済堂ネクスト

ISBN 978-4-04-682318-2 C0093

担当編集　有馬聡史
ブックデザイン　モンマ蚕（ムシカゴグラフィクス）
デザインフォーマット　ragtime
イラスト　ともー

本シリーズは「小説家になろう」（https://syosetu.com/）初出の作品を加筆の上書籍化したものです。

この作品はフィクションです。実在の人物・団体・事件・地名・名称等とは一切関係ありません。